CW01481511

HÉSIODE ÉDITIONS

PAUL VECCHIALI

Une enfant dans le sable

Hésiode éditions

© Hésiode éditions.

1 rue Honoré - 93500 Pantin.

ISBN 978-2-493135-01-8

Dépôt légal : Août 2021

Une enfant dans le sable

Tic-Tac Tic-Tac
C'est le temps qui s'envole
Emportant nos paroles

Tic-Tac Tic-Tac
Les écrits cependant
N'ont pas plus jolis rôles

(extrait d'une chanson du film *Once More*)

La pensée peut être suspectée
Le cœur doit être respecté

(*proverbe thaïlandais*)

À Malik Saad

PREMIÈRE PARTIE

Pierre à…

Lyon, 1er janvier 2000

Avec vous dont je ne sais ni le nom, ni le prénom, qui m'avez ébloui tout au long de cette soirée, taille guêpe, œil velours, j'aimerais bavarder à bâtons rompus… si toutefois nous parvenons à les rompre. J'ai ressenti par moments un agacement dans ces yeux violets. Conservent-ils leur couleur lorsque vous les ouvrez au matin, reposée ? J'en doute. Je les devine bleus comme cette mer au bord de laquelle vous naquîtes. Dans la ville de Cannes, si l'on m'a bien renseigné. Bavarder ? De quoi ?

Je sais déjà que vous n'aimez pas le cinéma ; aussi me garderai-je d'évoquer les films qui ont charmé mon adolescence… Et si, simplement, nous débattions du monde ? De ses problèmes… Ce dernier mot vous est familier, n'est-ce pas ? À chaque problème une solution ? En mathématiques, votre spécialité, je ne saurais dire ! En politique, en sociologie, au quotidien, c'est différent !

Je vous ai entendu défendre non pas la veuve et l'orphelin, les clichés vous révulsent ; l'humour, le mien ? vous semble cependant étranger… Je me demande pourquoi tant de femmes y sont imperméables. Vous pourriez m'éclairer là-dessus.

Non pas la veuve et l'orphelin donc ; la cause juste, dans ce qu'elle a de plus rigoureux. Vous n'êtes pas de ceux qui brament contre les assassins d'enfants. Vous ne considérez pas que tirer sur une ambulance soit plus grave qu'abattre un homme bien portant !

Vous m'avez, au cours de cette soirée où nous fêtions la fin de siècle, surpris, dérangé, conquis par votre discours direct, sans emphase. Vous paraissiez sereine. Je ne vous ai

17

pas admirée pour autant.

Non. Je vous ai suivie.

Ensuite, ce furent les jeux.

Jeux de mots qui vous mettaient mal à l'aise.

Jeux de cartes que vous subissiez dans l'indifférence.

La danse enfin où nous nous sommes trouvés. Là, vous avez souri. *Ne dites pas non, vous avez souri.* Je suis incapable de qualifier la nature de ce sourire.

Quel bel alibi pour vous écrire !

Vous serez magnanime. J'en suis certain. Et me dévoilerez vos sous-entendus… Ne me répondez pas qu'il n'y en avait aucun ! On ne sourit pas aux seuls anges lorsqu'on danse avec quelqu'un. Fût-ce un *Enfant du Paradis*….

Ne me faites pas languir.

Car, oui, je languis, je brûle et… vous vous taisez ! Pardon. Il est vrai que vous réagissez mal aux amuse-gueules de la parole. Sauf si la culture est en… jeu ?

Une caresse à Minerve, votre chatte. Cela aussi, on me l'a confié. Et pour vous ? Je suis bien embarrassé… Un baiser ? Un baisemain ? Un sourire ?

P.S. Ma sœur Anna a refusé de me donner vos coordonnées. C'est donc à elle que je confie cette lettre.

Lyon, 8 janvier 2000

J'ai laissé passer la semaine.

Nourrissant chaque jour l'espoir d'une réponse. Qui n'est pas venue. Je vous recontacte avec peu d'entrain.

Quel intérêt peut trouver à un chef-comptable provincial (mais Lyon est une grande et belle ville, vous devez le savoir) une éminente professeure (si, si) de mathématiques parisienne ? De nouveau, Anna servira de relais.

Un doute me vient : a-t-elle déjà rejoint le Canada ? Vous a-t-elle remis mon précédent courrier ? Vous remettra-t-elle celui-ci ? Vous devinez mon trouble. Si elle refuse cette « charge », mes doutes subsisteront à jamais. Pourquoi me torturer ? Je ne l'en crois pas capable. Même si, depuis l'enfance, elle se plaît à me taquiner.

L'autre hypothèse serait que vos consignes soient sans appel.

J'écris avec l'idée, encore, que ma curiosité envers vous trouvera un écho favorable.

Que vous accepterez mon amitié.

Lyon, 12 janvier 2000

Mon obstination frôle-t-elle l'irrespect ?
Anna m'a juré avoir fait suivre.

Fin de non-recevoir ou indifférence ? Lever l'alternative me permettrait d'adopter une attitude plus courtoise.

L'indifférence peut se contourner. Le refus de dialoguer impose le repli. En tous les cas, je vous prie de pardonner mon insistance. Sachez qu'elle a sa raison d'être. . .

Pierre

Anna à Christiane

Grandes Piles, le 15 janvier 2000

Ma frivole,

Je suis partie dare-dare rejoindre mon Edwin que tu connaîtras un jour. Il déteste les mondanités et moi, qui ne les supporte pas non plus, quelle idée m'a prise d'organiser un raout pour cette fin de siècle ? Vous revoir ? Revoir tous mes amis, peut-être une dernière fois ?

Une contradiction de plus ? Soit.

Si tu n'étais pas ma meilleure amie, j'aurais immédiatement fourré ton courriel dans la corbeille, avec ses pièces jointes !

Comment as-tu osé scanner les lettres que mon frère t'a adressées, qui plus est par mon intermédiaire, et me les communiquer ? Inqualifiable ! Ce ne sont pas nos inter-minables années de fac passées côte à côte qui autorisent un tel sacrilège. Ne me force pas la main.

Tu réponds. Tu ne réponds pas. Tu fais. Tu ne fais pas. Basta !

J'ai parcouru la première puis brûlé le tout ! Peux-tu comprendre ma gêne ? Je t'entends d'ici : « Si c'est ça une amie… » Bon. Je t'estime. Trop sans doute. Alors, je consens à déposer quelques « pierres » dans ton désert d'incertitudes… Tout d'abord ceci : depuis l'enfance, déjà, Pierre est d'une honnêteté scrupuleuse, et brutale. Si vous continuez à correspondre, tu t'en apercevras bien vite. Mais il a ses faiblesses : rien d'original. Un colosse, oui, c'est assez visible, mais aux pieds d'argile, selon la formule.

Si tu relis, note la ponctuation, tellement peu adaptée au style classique (certains diraient même « classieux ») qu'il utilise. Qu'est-ce que ça prouve ? Que son trouble est réel.

Et après, me diras-tu ?

Nous autres femmes savons pertinemment que le coq rentre ses ergots quand il traque une poule… Vulgaire ? Et alors ? Que veux-tu, cette sorte de littérature, trop appliquée, si elle me surprend chez Pierre, ne m'en agace pas moins chez toi. Simplifie et reste simple pour toi-même.

Je me suis enterrée avec mon bûcheron dans les neiges canadiennes par horreur du parisianisme et tu me le renvoies à la gueule. Me faisant ainsi comprendre qu'être revenue fêter l'an 2000 à Paris était une erreur. Là, j'en suis encore plus persuadée !

Tu me dis vouloir lui répondre sur le même ton. C'est ce qui s'appelle : noyer le « poison » ! À ton aise, ma fille.

Cela dit, que Pierre te drague ou tombe en amour pour toi, je trouve ça très très drôle. Ne me dérange plus pour des préoccupations d'adolescente. Ce que tu as vécu enfant, ce qui s'en est suivi, devrait te prévenir contre toute escarmouche, de quelque nature qu'elle soit…

Pourtant, quand je vous observais côte à côte, pendant la fête, je pensais à ce qu'on appelait jadis « le couple idéal » : lui avec son cou de taureau, ses cheveux noirs et bouclés, ses yeux verts, carnassiers ; toi, si blonde, élancée, sylphide bien roulée, au regard bleu tout aussi prédateur…

Ne gâche pas ce qui pourrait devenir une superbe aventure. Un repos pour toi ; une halte pour lui. Et qui sait, plus encore ?

Ta fidèle Anna.

Christiane à Pierre

Paris, 18 janvier 2000

Vous croyez-vous seul au monde ? Et persécuté ? Anna vous a été fidèle. J'étais occupée ailleurs, vous auriez pu l'envisager, non ? Vos missives m'ont amusée. Vous hésitez entre une franchise un peu puérile et une stratégie retorse. Le petit ruisseau vénéneux qui vous tient lieu de discours ne m'encourage pas à vous prendre au sérieux. Vous voulez que nous parlions du monde ! Politique, sociologie, je ne sais quoi encore... Je ne suis pas seulement une scientifique, je suis aussi et surtout matérialiste. Cherchez-vous à m'appâter par ces allusions déguisées à mes opinions provocatrices ?

Et puis où avez-vous pêché que je n'aimais pas le cinéma ? Je n'y connais rien, c'est différent. Je ne comprends pas l'agitation sur une toile blanche de toutes ces ombres, censées nous rassurer ou nous intriguer. J'y vois comme un chantage à la communication, maladroit (comme vous l'êtes), séduisant peut-être, fragile.

Ouvrez en grand les portes de la salle, la magie disparaîtra. Trouez l'écran ou camouflez-en une partie, les personnages, privés de leur territoire, redeviendront ce que, pour moi, ils ne cessent d'être : des simulacres de vies. Si vous n'êtes pas découragé par ce qui précède, je ne m'opposerai pas à ce que nous correspondions. Aucun mystère ne m'habite. Dans un premier temps, je souhaiterais élucider, au moins en partie, les vôtres : par exemple l'origine de cette « cinéphilie forcenée » dont parle votre sœur Anna.

Mon sourire ? Il ne s'adressait pas à vous mais à la danse. Pour être honnête, le sourire est d'autant plus convaincu que le partenaire est convaincant. Voilà de quoi satisfaire votre ego.

Christiane

P.S. Vous avez certainement pris la précaution de noter mon adresse au dos de l'enveloppe. Sinon…

Pierre à Christiane

Lyon, 20 janvier 2000

Je suis heureux.

Je suis heureux parce que je me suis trompé. Il me plaît de faire des erreurs et de les corriger. C'est ainsi que je progresse. Votre humour m'a réjoui tout en me prouvant que la spéculation nous égare. Femme avec humour ! Merveilleux !

Eh bien non, je ne suis pas découragé. Préoccupé, peut-être. Franchise puérile… Stratégie retorse…

C'est ce que vous avez retenu contre moi ? Plus loin vous parlez de maladresse. Est-ce compatible ? J'ai été maladroit, oui. Parce que je ne savais comment vous aborder. Vous m'impressionnez. Les femmes que j'ai connues ne m'ont pas habitué à cette distance. Je voudrais en apprendre la cause. Je l'avoue bien volontiers, vous n'êtes pas facile à définir. Sans hypothèse sur cette réserve si travaillée, comment tenter de dissiper le brouillard dont vous vous entourez ? De quel droit cette investigation ? Je ne m'en reconnais aucun.

Je mendie. Sans droit. Donc… maladroitement.

Venons-en au cinéma puisque, à ce propos, j'ai eu l'honneur de vous intriguer. Si je vous ai comprise, vous n'enregistrez d'un film que ce qui concerne les personnages et leurs aventures. Débattant de littérature, mettriez-vous sur le même plan Emma Bovary et Bécassine ? Peu vous importerait d'évaluer la structure de ces romans ? Pas davantage ne vous intéresserait la manière dont ils sont écrits ?

Je ne vous parle pas de style. Comme l'a deviné Cocteau : « Qui se flatterait d'avoir un style ? Qui se flatte d'avoir une verrue ? »

Il existe une « écriture filmique » si, et seulement si, toutes les composantes du film, plan par plan, aboutissent à une somme cohérente, je ne dis pas homogène : l'homogénéité rassure. Selon moi, s'il n'y a pas conflit, l'art est absent.

Ma « cinéphilie forcenée » n'est pas génération spontanée…

J'ai d'abord aimé le spectacle cinématographique. Non pas pour m'évader. Ce que, à l'évidence, vous recherchez. Au contraire, pour être envahi.

Ensuite, les acteurs, leur charisme, ont retenu mon attention. Comme je les sentais différents de film à film, j'ai eu l'intuition que ces univers dans lesquels ils baignaient étaient « peints ». Et que le peintre avait son importance.

C'est ainsi que je me mis à distinguer les réalisateurs et, très vite, ceux qui avaient une écriture, comme défini plus haut. Aimer les auteurs plus que les films, sans négliger pour autant le plaisir, voilà ma conception de la cinéphilie. Quelques exemples ?

Ce serait briller à vos dépens… Réciter des leçons dont vous ne soupçonneriez pas la matière… En revanche, si l'occasion se présente, – je ferai tout pour qu'elle se présente –, et si cela vous « amuse », il me serait agréable de vous confronter à un de ces films lors de mes voyages à Paris.

Ou bien de vous faire connaître un auteur parmi mes favoris : ceux que j'admire sans réserve. En tâchant de vous convaincre sinon de sa valeur, du moins de la cohérence de son travail.

En revanche, vous pourriez me renseigner sur votre quotidien, les échanges que vous suscitez avec vos élèves… Tout ce qu'il vous plaira de développer.

À très vite, j'espère.

Pierre

Christiane à Pierre

Paris, 5 février 2000

Pour qui me prenez-vous ? Bovary/Bécassine !!! Il eût été plus honnête de mettre en balance, je ne sais pas, Salammbô et La Dame de Montsoreau par exemple. Vous auriez eu là matière à enseignement, si vous jugez nécessaire de me cultiver. Mais, en est-il besoin ?

J'ai goûté votre appréhension de l'écriture filmique, votre enthousiasme furtif, ramassé comme un chat qui se contrôle...

C'est avec joie que je me rendrai à la Cinémathèque en votre compagnie. Je suppose que vous aurez à cœur ensuite de m'emmener visionner un film « du commerce », plus récent. Y en a-t-il que vous épargnez ? Promettez-moi que nos commentaires se feront en riant. Je ne supporte pas la gravité. Que votre passion élitiste ne soit pas source d'ennui !

Pour ce qui me concerne : je n'essaie pas d'avoir des échanges avec mes élèves. Je fais mes cours de la façon la plus claire possible, et je me tiens à leur disposition. Basta. Je ne crois pas que ces jeunes gens aient quoi que ce soit à m'apprendre. Peut-être leur vécu si l'on veut creuser honnêtement mais cela outrepasse mes attributions, telles que je les conçois... Je ne les aime ni ne les déteste, ces postulants aux diplômes. Aucune hiérarchie dans l'absolu même si je me considère, par principe et par expérience, supérieure à eux en mathématiques. Je devine votre déception ou votre révolte. Le dialogue reste ouvert.

J'ai omis de vous présenter Minerve. (Je suis sûre qu'un jour ou l'autre, vous me demanderez si elle se monte le cou... Vous voyez, je suis disposée à m'y mettre !) C'est une chatte tout à fait ordinaire, une européenne comme on dit pour éviter la péjorative gouttière... Les yeux verts, comme vous, la fourrure écaille de tortue, une douzaine de miaulements facilement identifiables ; entêtée mais câline. Comme vous ? Trois ans qu'elle me supporte. Ce n'est pas à vous que je vais rappeler qu'on habite chez le chat et non l'inverse.

Trois ans que j'ai ouvert un nouveau chapitre à ma vie. Auparavant ? Dites donc, Monsieur l'Indiscret, n'est-il pas trop tôt pour ce genre de confidence ?

Venez-vous sur Paris bientôt ?

Minerve vous tend la patte. Moi ? Je vous tends ma main (gantée). Christiane

Pierre à Christiane

Lyon, 18 février 2000

Christiane

Beaucoup de déplacements. Sans villégiature. Mais, à Cannes, je n'ai pu m'empêcher de vous imaginer petite fille baguenaudant sur la Croisette. Que j'ai parcourue jusqu'à l'horrible bunker ! Vous avez connu les beaux jardins qui s'étalaient jusqu'à la jetée… Quelle misère à présent !

Aurez-vous des journées libres en mai ? Ce serait épatant, et joyeux, si nous assistions au Festival côte à côte ! Agacement. Enthousiasme. Rejet. Discutaillerie. Le tout en nous amusant, je vous rassure.

J'ai quelques accointances là-bas. Nous n'aurions aucune difficulté à dénicher un joli trois pièces. Pour un prix raisonnable. Non loin du Palais. En bordure de mer. Si le temps est favorable, nous goûterions les premiers bains de mer. Je suis certain que vous nagez divinement.

Pensez à ma proposition. Offrez-vous cette détente. D'ici là, je vais être passablement « impegnato ». Ce mot italien me semble plus adéquat que notre « occupé » bien banal.

Paris ? J'aurai à m'y rendre, certes. Aurai-je le temps de satisfaire à ma passion ? De m'honorer de votre présence, là ou ailleurs ? J'ai réellement envie de vous voir. Correspondre est bien agréable, quand ce n'est pas une suite de monologues. Qui se répondent mal.

Ce n'est pas notre cas, il est vrai. Vous avez le talent et l'élégance de répondre sans fard à mes lancinantes inepties.

Mais l'absence engendre chez moi frustration et mal-être : comme un vide qui m'aspirerait.

Vous êtes matérialiste ? Je suis romantique. Depuis

quand ? Dès ma puberté, je crois. J'ai rêvé de caresses, de promesses tendres. De baisers discrets. D'avenir commun. D'enfants turbulents. Et suis resté célibataire. Même si rarement seul. Envieux du bonheur des autres.

Mon imaginaire me travaillait si fort que la réalité me faisait peur. J'ai bousillé la plupart de mes aventures avec les femmes. Exigeant et pusillanime à la fois. Mythifier l'amour est stupide pour le moins. Dangereux la plupart du temps. Il devrait y avoir, dans les relations amoureuses, de l'ordinaire et du quotidien, emmitouflés de passion intermittente.

Rien n'est plus beau qu'un amour qui se nie, se préserve, se cajole, s'épanouit comme une fleur oubliant les saisons…

Je ne l'ai pas trouvé cet amour singulier, aveugle. Mais l'ai-je vraiment cherché ? Ne me suis-je pas accoutumé aux étreintes brèves, exutoires faciles qui favorisent mon dévouement au travail ?

Un peu de sport. De rares amitiés. Des loisirs encore plus rares. En fait le cinéma, que j'ai du mal à considérer comme un loisir. Une histoire d'amour, plaisante. Intense.

Portez-vous bien. Je vous fais signe dès que mon emploi du temps peut s'organiser.

Je baise vos jolis doigts (dégantés ?).

Pierre

Christiane à Pierre

Paris, 20 mars 2000

J'ai laissé « du temps au temps ». Ne vous moquez pas ! Sans nouvelles de vous, j'ai relu votre dernière lettre presque chaque jour. Elle me paraît étrange, trop légère pour transmettre une quelconque gravité. L'effleurer peut-être, en apparence. Je n'aime pas ça. Vous n'êtes plus un enfant. On dit que tous les hommes le restent. Je rejette cet axiome trop rapidement formulé, bâclé.

Vous vous confiez, vous vous dévoilez, l'armure demeure. Est-ce une ruse pour encourager mes aveux ? Vous ne serez jamais mon confesseur, que ce soit clair. Par écrit ? Certes pas ! Les yeux dans les yeux peut-être, mais nous en sommes loin !

Où en sommes-nous d'ailleurs ? Ôtez donc ces couvre-lits qui masquent votre désir... Est-ce difficile de me déclarer l'envie que vous avez de mon corps ? Ne protestez pas...

Ce projet d'appartement commun à Cannes, dont vous vous plaisez à dire qu'il possèdera trois pièces, quelle extravagance ! Vous me dites sans le dire : « Il ne faut pas vous inquiéter, nous aurons chacun notre chambre, et chacun notre clé. » Liberté et confort... Amitié-serpent qui se faufile d'une pièce à l'autre, dans l'attente certaine de la mangouste qui la dévorera pour en faire vous savez quoi...

S'il vous plaît, Pierre ! Vous me désirez ? Je ne dis pas non. Nous pourrons passer tout le temps du festival en amants ravis, galipettes comprises. Faire l'amour sans le vivre... C'est à cela que vous nous condamneriez.

Je sors à peine d'une histoire immonde, dévorante, que je me garderai de vous conter. Le chagrin m'a meurtrie. Mon corps est comme anesthésié. Vous n'auriez entre vos bras, pendant vos étreintes, qu'une poupée muette, insensible.

Mais je ne me refuserai pas à vous. Pourvu que cela calme vos ardeurs… Vous retournerez, les sinus (et les cosinus !) dégagés, à vos travaux de comptabilité, sans prendre la tangente…

Je connais les hommes et leurs pulsions aveugles. Je les ai d'ailleurs connues trop tôt, bien trop tôt.

Ensuite, quelques aient été nos arrangements, nos enthousiasmes ou nos agacements, pour reprendre vos mots, quel que soit l'attachement qui s'ensuivrait, je ne vous reverrai jamais.

Minerve sera de la « partie ». Pas mon garde du corps : l'objet de ma tendre attention. Tendre attention. Cela, je ne pourrais vous l'offrir.

Nourrissez les plateaux de votre balance. Et décidez. J'ai obtenu le congé nécessaire.

Gardez-vous à droite, gardez-vous à gauche… Ainsi disait « mon aîné ». Vous voyez que je fais des progrès, culture oblige…

Christiane

Pierre à Christiane

Lyon, 15 avril 2000

Peste soit de la bonne femme ! J'ai failli ne jamais vous répondre. Je ne suis pas près d'oublier les « couvre-lits »… Vous êtes sans pitié. Toutes les femmes le sont. C'est pourquoi j'ai toujours pris les devants et rompu le premier. J'évitais ainsi l'embarras des remontrances.

Vous avez combiné pour que j'abandonne le projet cannois. Détrompez-vous. J'ai retenu l'appartement. Il vous y attendra. Et si ce n'est pas vous, ce sera une autre. Pardonnez-moi d'être aussi effronté. Vos paroles en sont la cause. J'ai essayé l'amour courtois. Il ne vous convient pas. Bien.

L'appartement que j'ai choisi n'aura qu'une chambre, avec tout le confort et une clé chacun. Vous voici prévenue. Je vous garderai dans mes bras toute la nuit, même insensible et muette. Je vous ferai l'amour. Nous rirons, peut-être, de la situation !

J'ai aussi retenu deux places d'avion pour Nice où nous louerons une voiture. À moins que vous ne préfériez me suivre en trottinette…

J'ai mis dans un des plateaux mon désir de vous. Dans l'autre, vos réticences et vos menaces qui, vous le constatez, n'ont pas pesé lourd. Faites-en autant. Votre verdict sera le mien. Minerve est la bienvenue.

Je ne vous baise rien du tout.

Pierre

P.S. Progrès ou pas, la phrase apparemment attribuée à Énée appartient au fils de Philippe de Valois, si je ne trompe pas moi-même. Il portait son père sur son dos, ce « un de Troie », ça suffisait largement !

Christiane à Pierre

Paris, 20 avril 2000

L'homme a parlé. La femme obéira. Ni trottinette, ni vélo. Je trônerai, rayonnante, à la place du mort, dans la berline. Eh oui ! Il faudra une voiture de luxe, adaptée à mes goûts et à votre standing de grand chef-comptable.

Vous avez l'arrière-pensée que je serai à vous sans réticence, que mon discours sur mes chagrins, mon corps malade, n'est que précaution « oratoire ».

Nous verrons bien : vous êtes virulent en paroles, doux en gestes. Notre danse me l'a suffisamment prouvé. Vous devez donc faire l'amour avec les attentions nécessaires.

Je tiens le pari et ne tairai pas mes sentiments. Vous prenez vos risques. Je n'en ressens aucun. Pour moi, il ne s'agit que d'une expérience. Peu importe à quoi elle aboutira.

Minerve ne m'accompagnera pas. Je la confie à ma femme de ménage.

Christiane

P.S. Ce « un de Troie » est un classique des mots croisés, non ? Je suis ravie que vous me repreniez. Et ne demande qu'à apprendre. Mais ceci : les femmes ne sont pas sans pitié. C'est lorsqu'elles entendent rester libres qu'elles font peur aux hommes.

Roger à Pierre

Cannes, 17 mai 2000

Je vous ai suivi. Et vous en demande mille pardons. Vous étiez avec une femme élégante et belle : les deux ne font pas forcément la paire…

Je vais, dans votre boîte, glisser cette lettre devenue, par conséquent, simple message.

Je n'ai pas osé vous aborder : m'auriez-vous reconnu ? Nous n'avons échangé que quelques paroles, et nos coordonnées, en sortant de la Cinémathèque de Chaillot après la vision d'un John Ford à propos duquel nous avons débattu. Si peu d'ailleurs : nous étions l'un et l'autre convaincus de la grandeur du film et de son auteur ; mais pas exactement pour les mêmes raisons…

Une autre « brève rencontre » (quel mauvais film !) par hasard, place de Rennes. Vous sortiez du Bretagne, j'y entrais. À mon salut qui se voulait discret, vous auriez pu ne pas répondre. Au contraire, vous vous êtes précipité vers moi, m'avez gratifié d'un vigoureux shake-hand. Vos regards se sont légèrement attardés sur la personne qui m'accompagnait.

Vous êtes parti sur cette phrase ambiguë : « Nous pourrions nous revoir si vous en avez envie, of course. » Cet « of course » moqueur s'adressait à ma manie du franglais qui désespère mes relations et que vous avez vite repérée, me semble-t-il…

Cela me distingue de ces soi-disant beaux parleurs qui s'expriment en français par raccourcis dégradants, désagréables à mon oreille. Je leur réserve donc mon baragouin franco-anglais et garde précieusement pour moi, et pour mon compagnon, les mots choisis, retenus de-ci de-là dans notre littérature riche en auteurs raffinés.

Nous nous enfermons dans le secret avec Flaubert, Stendhal,

Barbey d'Aurevilly, Gobineau, Baudelaire, Verlaine, Rimbaud, et certains auteurs plus récents, tels Henri Thomas et Jacques Chardonne. Il m'arrive de lire à haute voix des pages entières, voire des chapitres. Nous nous délectons de leur élégance.

À partir de votre « demande » que je n'estimais pas être seulement de politesse, intrigante pour le coup, j'ai conversé deux ou trois fois avec votre répondeur. Vainement. Ce silence insistant m'a découragé. Ce n'était donc que de la politesse ? Je viens, une dernière fois, le vérifier. J'avoue que j'espérais fort, en me rendant au Festival de Cannes, vous croiser sur cette Promenade si justement nommée…

C'est fait.

Vous savez où me joindre dans ma banlieue parisienne. Quelques mots à mon oreille ou gravés sur cette machine impersonnelle mais si pratique, au moins sur le plan professionnel, me feraient honneur. Pourquoi ? Parce qu'il est rare, aujourd'hui, d'entendre parler de cinéma avec une ferveur aussi explicite.

Vos propos sont violents mais argumentés. Vous êtes attentif aux opinions contraires que vous balayez crûment quand elles vous paraissent superficielles. C'est très vivifiant, quelquefois instructif ; plus rarement, à l'emporte-pièce et sans raison.

Les cinéphiles que je fréquente par habitude, je dois l'avouer, sont davantage collectionneurs de films ou de génériques. Ils ne m'apportent rien de stimulant. Vous êtes, vous, un vrai passionné, curieux et cultivé. Vos partis-pris ne sont pas toujours définitifs.

J'espère vous avoir convaincu. Je vis, sur ce terrain-là, une grande solitude.

Soon, I hope !

Roger

Pierre à Roger

Lyon, 19 mai 2000

Non, je ne vous appellerai pas. Verba volant, scripta manent. Vous pensiez me convaincre de vous recontacter. Vous avez fait mieux.

Pour des raisons personnelles, je me tenais un peu éloigné du cinéma. M'y voici de nouveau rattaché. Grâce à votre emballement. À vos pointes sournoises aussi... Je me rends !

Refusons la parole. Écrivons-nous. Instaurons une rubrique à deux voix pour remplacer les critiques défaillants. Dont les argumentations me navrent.

La Nouvelle Vague nous a procuré des cinéastes pour la plupart intéressants. Du même coup, nous a privés de leurs opinions tranchées. Celles qui engendrent les vrais désirs. Essayons, vous et moi, de tisser une cinéphilie nouvelle, loin des réseaux et des conventions.

Je n'ai oublié ni votre voix ni votre visage et, sur cette Croisette à laquelle vous faites si joliment allusion, je vous ai parfaitement reconnu. Avec un sentiment certain de culpabilité, je vous ai cherché dans le public aux séances du soir. Sans doute avez-vous, aux mondanités du tapis rouge, préféré quelque curiosité de la Quinzaine des Réalisateurs ou de la Semaine de la Critique...

Voulez-vous une preuve de ma bonne foi ? Vous portiez en bandoulière un appareil photo de belle qualité... Êtes-vous professionnel ou amateur d'instants et de visages ? Ce n'est pas de la curiosité gratuite...

Le Festival se termine. J'écrirai à votre appartement du Kremlin-Bicêtre. Où vous m'inviterez quelque jour, j'espère. Non pas pour parler cinéma. Ceci est réservé à notre « rubrique ».

Pour lire des passages de vos auteurs favoris. Ou « simplement » parler de votre vie, de la vie en général.

Mais, me direz-vous peut-être, la vie et le cinéma, c'est la même chose…

Eh bien, voici une première accroche pour notre future correspondance.

Yours Sincerely !!!

Pierre

Anna à Christiane

Grandes Piles, 19 mai 2000

Ma Doudoune,

Il est clair que tu as franchi le « pas ». Je veux dire que tu as rejeté le « non » pour le « oui ». Allègrement, semble-t-il.

Si c'est un défi que tu lances à Pierre, sois sur tes gardes. Spécialement dans le contexte du festival. Il a surmonté ses complexes (écolier distrait, étudiant médiocre), en se ressourçant dans les salles obscures.

Le cinéma ? Sa vie intime s'est barricadée là. L'essentiel de sa vie intime. Ses ambitions secrètes, il les refoule. N'être qu'un bon professionnel, satisfaire son patron… Séduire aussi. Ne donner de lui-même qu'un peu de son temps, avec élégance et, je te l'ai déjà dit, honnêteté. Aucune de ses conquêtes, je crois les connaître toutes, ne s'est jamais plainte après rupture. Souvent elles deviennent des amies. Liens ténus qui se défont avec le temps.

Si c'est à toi-même que tu lances ce défi : conquérir, dominer, larguer, comme tu aimes le faire, cyniquement, il faut t'attendre à un combat périlleux. S'il n'est pas tout à fait Valmont, tu risques de finir comme la Merteuil !

J'arrête de déconner. S'il te plaît, épargne-moi les comptes-rendus !

Je t'embrasse. Ton Anna mais pas ta nana…

Christiane à Pierre

Ouessant, 20 juin 2000

Deux de mes anciens amants m'aident à franchir ce cap difficile… Cap ? Quel mot conviendrait mieux que celui-ci quand je suis en Bretagne ? Difficile ? J'en parlerai plus avant.

L'un d'eux, neurologue, m'a concocté un état maniaco-dépressif qui m'a permis d'échapper aux fastidieux travaux de fin de cycle. L'autre, un chou, pâtissier à ses heures, retraité du barreau, m'a offert sans partage la villa d'où je t'écris. J'ai décidé unilatéralement une année sabbatique : faire le point. (C'est déjà du cinéma, non ?) Pas le poing, je ne m'en sens nullement capable… Combien de temps pour cette escapade sauvage ?

Je suis complètement abasourdie après ces journées, et ces nuits, cannoises. Festival sans envergure, qui m'a remplie d'aise dans la mesure où j'ai pu me consacrer, plus qu'à toi, à l'examen minutieux de tes comportements.

Tu devines que je m'étais préparée à ce séjour… Combien je prévoyais tes pièges indélicats ! Te balader en slip un peu partout avec des… arguments ingénieusement étalés, susceptibles de faire capituler la pauvre séquestrée ; des fleurs quotidiennes en cadeau qui auraient compensé tant soit peu la crudité de tes avances ; le lit commun, étroit ; les crèmes en caresses pour d'éventuels bains de soleil : les violences verbales alternées avec de douces rêveries… Et j'en oublie. Pour un excellent motif : j'ai réellement effacé de ma mémoire l'atlas de mes préventions !

D'abord l'appartement trois pièces au lieu du studio annoncé, ouvert sans sourire complaisant ; ensuite, l'absence totale de sollicitude, les questions directes concernant le quotidien ; une pudeur extrême dans la promiscuité ; simplicité non affectée pour l'aménagement des journées... Propositions sans contraintes. Les clés de la voiture à ma disposition si j'entendais sortir seule... (« Ne vous inquiétez pas, je sais m'organiser. »), prononcé d'une voix tellement naturelle, tellement chaude, se voulant pourtant indifférente. Enfin, sans féminisme outrancier, un égal à égal confondant, que ma mère, chienne de garde, eût adoré ! Les premiers jours, un peu lâchement, je me disais : qu'est-ce qu'il prépare bien le terrain ! Quel fin stratège ! Mais rien n'évoluait. Pas d'entrée intempestive dans la salle de bains que je me gardais de condamner pendant mes ablutions pour tester ton endurance à me respecter...

Je ne suis pas fière de moi ! Même si les probabilités, c'est un peu mon domaine, m'ordonnaient la méfiance...

Ce qui m'a le plus éberluée ? Ton silence après les projections, laissant le champ libre au dialogue.

Étais-tu toi-même alors, nu, sans maquillage, dans le souci de l'autre ? Avançais-tu masqué dans ce carnaval de pacotille ? Je ne savais que répondre.

Les jours s'égrenaient, je n'y prenais pas garde. Je m'habituais à ce nouvel aspect de toi et, petit à petit... Non, je ne vais pas te le dire encore.

Aujourd'hui je sais, je suis certaine, qu'il n'y avait aucun machiavélisme dans ton attitude : trop de tendresse spontanée, trop de regards complices ; trop de rires sans raison ; trop de décontraction. Et aussi cet œil attentif qui n'exprimait rien de plus qu'un désir mesuré, tacite, une joie pure d'être à mes côtés. Quand tu me prenais le bras pour monter les marches ; quand tu descendais de voiture sans te préoccuper de moi ; quand tu me tendais le menu au restaurant, m'autorisant à choisir les vins, ou le doigt sur un plat, visage interrogateur. Vraiment, je te le répète, tu m'as sidérée, estomaquée même. Et voici la Cannoise qui revient !

Ouessant, comme tu le sais, est une île. Isola, disent les Italiens, allusion (involontaire ?) à l'isolement. Alors que je me sens ici à la fois fascinée par la mer incessante, « toujours renouvelée », et rassurée par un voisinage exquis : de vrais îliens farouchement heureux de vivre dans une semi-ascèse que l'on pourrait qualifier de « verte ».

En peu de jours, ils m'ont appris à reconnaître le geai des chênes aux ailes bleutées ; le faucon émerillon dont je pensais qu'il était un petit vautour (son chant grave me donnait des frissons) ; le butor étoilé et son bec étiré avec une réjouissante aptitude à se faufiler entre les herbes basses ; la mouette « mélanocéphale » au corps blanc, bec et pattes rouges, menue comme un poussin…

Côté flore, la fausse bruyère, hésitant entre le mauve et le violet ; le crocosmia que les marins d'ici ont ramené d'Afrique du Sud ; la criste-marine bourrée de vitamines, consommée par les pêcheurs avant un long séjour en mer…

Tant d'autres caractéristiques de la région que je ne pourrais énumérer sans risquer de t'ennuyer. Peut-être est-ce déjà fait ! Pardonne à mon exaltation. Il y a si longtemps que je n'y avais succombé… C'est certainement grâce à toi que j'ai pu la reconquérir. Aussi, chaque soir, je regarde le « phalle » de Trividic en imaginant que tu puisses en être le gardien, scrutant de tes jumelles les environs de mon petit domaine dans l'espoir d'apercevoir ma silhouette au travers des saules tourmentés par les vents du large.

Et les promenades en bateau…

Je frottais le bois tout près de moi en souhaitant que tu surgisses, tel le génie d'Aladin, et que tu te reçoives avec moi les gifles des embruns ; que tu subisses cet enivrant roulis qui eût rapproché nos corps ; que tu humes l'air marin, la peau brûlée de sel et de soleil…

Je n'ai pas rêvé que de ça. Je te le dirai mieux dans une

prochaine lettre. Par exemple, le bonheur d'être près de toi dans ma ville natale.

Ta Christiane.

P.S. Raconte-moi les films que tu as vus, les gens que tu fréquentes. Je souhaiterais tant vivre (un peu) tes heures sans moi. Et merci de m'avoir acceptée comme une « femme libre ».

Pierre à Christiane

Lyon, 26 juin 2000

À mon tour d'être abasourdi.

Déballage d'informations de seconde main reprises sans doute d'un dépliant touristique que vous débitez avec une guillerette application. Oui : vous. Désolé ! Je ne me sens pas prêt au tutoiement. Ni famille, ni coucherie ne nous rapprochent… Repoussons le « tu » pour d'autres aventures si jamais elles se présentent.

Vous me proposez angéliquement une rétrospective de notre séjour festivalier où je ne me/nous reconnais guère. Quelle pauvreté dans l'énumération de mes comportements !

Je veux croire qu'un reste instinctif de pudeur bridait vos phrases. Vous imposait de faire littéraire. Ou bien était-ce pour me prouver que l'usage des mathématiques ne vous a pas fait perdre l'amour de la langue française ?

Tout, dans votre lettre, incite à la raillerie. Parce que tout y est pernicieux. L'expression voilée de vos sentiments. La remise à plus tard des aveux. Un portrait de vous-même en « femme à l'ancienne », nuancé de modernité. Libre !!!

Croyez-vous donc que l'exercice de la comptabilité m'ait abruti au point d'avaler ce genre de couleuvres ? Au fait, y en a-t-il dans votre Eden ? …Auriez-vous à mon propos une mémoire aussi parcellaire ?

Christiane, quel est le sens caché de cette missive (j'essaie de parler à votre niveau) ? J'ai fortement besoin de le connaître. Votre romantisme sent le renfermé. Souhaitiez-vous lui faire prendre l'air ?

Ou bien ne savez-vous pas exprimer clairement le désir que vous auriez de moi ?

Vous réfugiez-vous dans l'allégorie pour me pousser aux

premiers pas ?

De la simplicité, je vous prie.

Et demandez-vous si, au bout du compte, je n'ai pas souffert de cette abstinence dont vous semblez me féliciter.

Pierre

P.S. Île vient du mot « isolement ». Il n'y a ni allusion, ni intention. C'est purement étymologique.

Pierre à « dear » Roger

Lyon, 10 juillet 2000

Votre ami Laurent est un phénomène ! Tout le monde sait que les aveugles ont un goût prononcé pour l'humour et les rires ; j'ai appris qu'ils pouvaient être conviviaux, courageux, amoureux de la vie et que, justement, ils ne faisaient jamais l'amalgame entre vie et vue, attitude si commune cependant aux « seuls pleureurs » !

Mais là, quelle découverte ! Cet homme voit… Au-delà des personnes, au-delà des choses avec une perspicacité stupéfiante.

Cela dit, je ne vous remercierai jamais assez de m'avoir offert le catalogue de vos cassettes si bien ordonnées et référencées (15.000 films environ !) et de m'avoir initié justement, avec deux films en tout et pour tout, au cinéma français des années trente dont j'ignore l'essentiel. Je suis davantage Godard et Demy. Bresson et Ophuls. Keaton, Lubitsch, Sternberg, Blake Edwards (sous-estimé !), Fuller. Ford comme savez. Et Mizoguchi surtout.

Je vous ai assez parlé de ma conception du « discours filmique ». Comment en trouver les prémisses dans ces films au demeurant passionnants et vigoureux ? Peut-on différencier la manière de Renoir de celle de Grémillon ? LA BÊTE HUMAINE face à GUEULE D'AMOUR, puisque ce sont les films que vous m'avez montrés…

Pierre (qui roule…)

46

Roger à Pierre

Le Kremlin-Bicêtre, 14 juillet 2000

En ce jour à l'importance abusive, anniversaire d'horreur et de sublime, je n'ai pas, comme la plupart de mes concitoyens, le cœur à me réjouir. Symbole d'une liberté reconquise ? Abolition des privilèges à venir ? Je t'en fiche ! Il faut être sourd au monde pour faire un événement de cette grandiose supercherie ! Fête Nationale, qui plus est, avec pour siège la place de la Bastille dont la laideur vaut largement celle des souvenirs qu'on est censé y célébrer…

Et le phallus anachronique, ce Génie au cul superbe, perché sur un pied pour enregistrer des embouteillages, aussi impertinent que la Pyramide du Louvre…

J'espère ne pas vous choquer. Ne me traitez pas de réactionnaire. Je ne suis, tout au plus, qu'un réactif… Toujours en lutte avec les absurdités de notre monde vacillant sous les coups d'un socialisme qui s'effiloche et d'un capitalisme outrancier. Toujours en lutte contre mes idéaux de jeunesse, insupportablement présents…

Lu votre lettre à Laurent. Qui en a bien ri. « Enthousiasme hâtif » s'est-il plu à répéter… L'humilité lui sert de garde-fou : ne pas vivre sur les acquis est son obsession permanente.

Venons-en à notre rubrique…

Je suis né en 1960 en pleine éclosion de ce qui allait s'appeler la Nouvelle Vague. Nourri vers mes quinze ans par certains films français moins cérébraux mais tout aussi intelligents. C'est à ce moment-là, en scrutant ces univers, dont les œuvres, sans audace avérée, restaient personnelles, que m'est venue l'idée de rechercher leur source.

Il m'a semblé la découvrir au pied de cette montagne qu'est

la cinématographie française des années trente. Chaque film est un fleuve charriant, de ce fait, tout et n'importe quoi ; dans le dédain de son éventuelle importance historique.

Peut-être l'écriture filmique qui vous tient tant à cœur est-elle inscrite consciemment chez Jean Vigo, Bernard-Deschamps, Jean Grémillon, Marcel Carné, Claude Autant-Lara ou inconsciemment, mais avec le même don de soi, chez Julien Duvivier, Henri Decoin, André Hugon, René Guissart ou même Pierre Colombier.

Énumération fastidieuse, oui, pour vous qui connaissez mal ces auteurs ; peu, ou pas du tout, leur travail.

Vos questions à présent.

Renoir/Grémillon… Laissons de côté les « enthousiasmes hâtifs » pour reprendre l'expression de Laurent et préoccupons-nous de la « manière » puisque là réside votre intérêt.

Commençons par les personnages. Vous en conviendrez : ce sont eux qui, par le biais des acteurs, tissent l'univers du film à l'intention des spectateurs.

Jean Renoir les utilise pour établir sa réputation ; sa gloire surtout, je le crains. Il les malaxe, les « usine », les sacrifie. Rappelez-vous, dans LA BÊTE HUMAINE, la scène où Lentier/Gabin emmène Séverine/Simone Simon dans un wagon désaffecté pour lui faire l'amour.

Dès qu'ils sont entrés, la caméra panoramique en direction d'un énorme tuyau déversant son eau dans un baquet. Lorsque s'achève « l'éjaculation », la caméra revient vers l'entrée du wagon d'où sortent les amants rassasiés.

Une telle vulgarité de pensée contamine le film, qui déborde pourtant de séduction. Mais la séduction est un piège récurrent destiné à déjouer la critique. Jean Grémillon, lui, s'en moque de la séduction. Il ne phagocyte pas ses personnages, il les sert. Il les grandit. Et, si la séduction opère parfois, c'est par l'amour dont il entoure le moindre de ses personnages.

Gabin, ici, est regardé avec tendresse ET avec lucidité. Il ne s'agit pas de décrire la descente aux enfers d'un mâle dompté par une femelle mais la féminisation d'un homme ordinaire assuré de son pouvoir, en proie aux tourments de la passion, incapable de la dominer ou même de la définir.

Revoyez les films. J'accepterai la contradiction.

Vous comprendrez aisément ce que je vous dis de LA BÊTE HUMAINE alors que mon argumentation au sujet de GUEULE D'AMOUR vous laissera perplexe : Grémillon n'expose pas ses idées, il en fait le courant souterrain de son œuvre. C'est donc plus difficile à cerner.

Nous nous demandions, Laurent et moi, si vous seriez tenté de passer quelques jours en Bretagne avec nous ; et avec les cassettes que vous auriez choisies. Laurent y possède une modeste longère face à la mer, les pieds dans l'eau, avec un petit bateau presque neuf que nous n'utilisons jamais : nous ne saurions pas le faire aller…

Êtes-vous bon navigateur ? En tout cas, votre physique induit que vous êtes excellent nageur. Que diriez-vous d'une semaine début septembre ? Le climat est encore possible ; l'eau, à température acceptable.

Nous ne parlerons cinéma que si vous en ressentez la nécessité. Bon vent, camarade (???)

Me direz-vous un jour pourquoi ma situation de photographe free-lance vous intéresse tellement ?

Roger

Évidemment, je suis entièrement d'accord avec votre choix peut-être élitiste mais si précis. Mizoguchi ? Un Dieu effectivement mais vous verrez, il y a des correspondances avec ces films que je vous propose.

Pierre à Roger

Lyon, 12 août 2000

Camarade (!!!)

J'aurais souhaité vous répondre plus vite. Ma sœur Anna, revenue quelques jours dans la capitale, raisons professionnelles, a été victime d'un empoisonnement alimentaire. Elle est très fragile. Volontiers en demande… Mon éloignement la rend encore plus vulnérable.

J'envisage – et je fais plus que l'envisager – de me dénicher un point de chute sur Paris. Je ne déteste pas Lyon, ville admirable aux couleurs italiennes. Au climat changeant. Captivant.

Paris me rapprocherait de la Cinémathèque. De vous. D'Anna. M'occupant d'elle, j'ai mangé une partie de mes congés. Il m'était impossible de ne pas céder à son insistance.

Ma petite sœur compte beaucoup pour moi !

J'espère toutefois m'échapper début septembre pour vous rejoindre mais ne puis vous donner de date précise.

Notre rubrique…

C'est étrange. La symbolique du gros tuyau m'avait amusé. Trouvez-vous vraiment de la vulgarité là où je ne vois qu'humour, même si, je vous l'accorde, il est un peu gras ? En revanche, au niveau de l'écriture, comme disent nos critiques distingués, je n'ai pas apprécié le plan de coupe sur l'orchestre lorsque Gabin et Simone Simon s'enlacent pour danser. Belle chanson que LE P'TIT CŒUR DE NINON, qui porte l'émotion avec adresse, légèreté. Mais que vient faire là ce plan digressif ?

Il me semble que s'attarder sur les amants (Gabin danse avec tellement d'élégance et de conviction. Simone Simon est si sensuelle) eût donné plus de force, installé une menace réelle sur les personnages secondaires : Fernand Ledoux et Carette...

Séduction. Oui, je comprends ce que vous dites. Renoir en joue dans tous ses films. Est-ce à vos yeux une sorte de prostitution ? Mais ne peut-on généraliser l'idée ? Mettre en vente son corps ou ses pensées, son univers, n'est-ce pas du même tonneau ?

D'un autre côté, évidemment, le cinéma a cette caractéristique d'être un art populaire qui coûte beaucoup et doit se rentabiliser. Un écrivain peut composer ses pages à temps perdu. Un peintre, ses toiles. Un cinéaste est condamné à vendre s'il veut continuer d'exercer son métier. Ne peut-on envisager que Renoir y ait pensé ? Qu'il « projette » son film en direction des spectateurs ? Dès lors, ce ne serait plus de la prostitution. Une sorte d'honnêteté vis-à-vis de son métier.

Je suis certain que vous allez bouillir d'indignation. J'attends avec une jouissance anticipée d'être bousculé... Pour ce qui est de Grémillon, je suis en totale osmose. Vite d'autres films de ce grand monsieur dont j'ignorais jusqu'à l'existence... J'ai fouillé sur la toile, découvert qu'il était mort le même jour que Gérard Philipe. Pas de chance, non ?

Heureusement, il reste des gens de votre trempe pour combattre l'injustice et l'oubli. Juré sur la croix de ma mère (morte il y a dix ans d'une bronchite mal soignée, ce qui explique la terreur d'Anna face à la « Faculté »...) : je vous apporterai tout mon soutien.

Vous êtes bien sévère avec cette pauvre Pyramide. Il est certain qu'elle gâche le point de vue sur les Champs-Élysées et l'Arc de Triomphe à partir de la Cour Napoléon. Les petites pyramides alentour ressemblent plus à des crottes de chien qu'à des œuvres d'art... Mais elle a le mérite de drainer de nombreux spectateurs dans le sous-sol admirablement agencé où elle protège ses merveilles. Nous en reparlerons.

Si vous n'êtes pas encore partis, emmenez avec vous tous les Grémillon que vous possédez, des Duvivier, des Carné, des Decoin, et ces autres aussi, plus obscurs, que vous éclairerez pour moi.

Dites à Laurent qu'à la réflexion, mon « hâtif enthousiasme » s'est mué en une affectueuse admiration.

Peter

Christiane à Pierre

Ouessant, 15 septembre 2000

Vilain !
Vous qui passez sans me voir
Sans même me dire bonsoir
Donnez-moi un peu d'espoir
J'ai tant de peine…
Je cite de mémoire.

Et… Zut pour le vous ! Trop tard pour m'y faire ! Assis à cette table d'un café brestois avec deux amis, tu semblais si joyeux, en même temps si lointain, que je n'ai pas voulu m'approcher. Je t'ai observé. Longtemps. Pierre, que s'est-il passé ? Tu me dis que je te pousse à faire les premiers pas ! As-tu oublié que c'est toi qui m'as contactée, par écrit qui plus est ?

Je te trouve vraiment gonflé !

Et cependant, tu n'as pas tout à fait tort sur bien des points. Alors, à ton intention, je me suis appliquée à découvrir par moi-même les richesses de « mon » île. J'ai jeté les guides touristiques (Bien vu !!!), retroussé mes manches, je devrais dire les jambes de mon pantalon, et me suis mise au service de cette nature exubérante et sauvage.

Mon cœur s'est aussitôt ranimé. Je ne t'en ai plus voulu.

Parce que j'étais fâchée, imagine-toi !

Mais peut-être m'as-tu rayée de ton « catalogue » ? Oui, catalogue. Je ne puis envisager que tu vives en moine ! L'appétit se lit dans tes yeux, dans ta façon de t'asseoir, de croiser et décroiser tes jambes : impatience révélatrice.

Tu es sexe avant tout. Tu t'en défends. Petit complexe d'un grand chef-comptable qui se pique de culture ? La sexualité alimente la culture, elle ne lui fait ni barrage ni ombrage…

Rassure-moi : tu n'es pas boudeur ? Cela me décevrait. Alors, un geste, un petit signe de la main…

Ok ?

Christiane

Roger à Pierre

Le Kremlin-Bicêtre, 10 octobre 2000

Nous ne devions plus attendre. Un ami américain, qui n'est heureusement pas Wim Wenders, nous avait prévenus qu'une opération pouvait là-bas être efficace pour les yeux de Laurent. Lui était réticent : « Je me suis habitué à l'obscurité. Que vais-je découvrir de plus ? Je connais tout de notre appartement. Le monde qui l'entoure ne m'intéresse pas. » Et autres sornettes de ce genre pour cacher sa peur du... visible ! Si j'ai insisté, c'est surtout pour les films que nous aimons. Il s'échine à m'affirmer que son imaginaire, soutenu par ses oreilles, a déjà projeté en lui toutes les images qu'il ne voit pas. Je n'en crois rien. Une dérobade...

Nous voici at home depuis hier. Moi, déçu ; lui, persifleur. L'opération a échoué. Une autre opportunité se présenterait d'ici quelques mois sur Marseille avec de meilleures probabilités. J'aurai du mal à le convaincre, je le crains.

Enfin, il n'a pas souffert. Hier, avant de s'endormir il chantait : « Je suis seul ce soir, avec mes rêves... » Que conclure ?

Votre lettre, lue seulement ce matin, m'a secoué !

Comment concilier le désir d'une écriture filmique avec la nécessité d'être rentable ? N'avez-vous pas le sentiment que la séduction, en amour comme au cinéma, serait plus juste et plus honnête, si elle se manifestait en sourdine, dans le... lit de votre « fleuve » ? En filigrane donc. Exprimé d'une autre façon : si nous ne la percevions que longtemps après, au fond de notre pensée, comme un cadeau supplémentaire, connaissance faite...

Dans mon esprit, les efforts pour séduire grippent les rapports à l'œuvre par leur superficialité. La parade nuptiale, propre aux animaux, que certains hommes imitent à plaisir (le mot n'est pas là par hasard) s'adresse au sexe : ouvertement chez les premiers, sournoisement chez les seconds. Être séduisant devrait rester implicite : nuage rose dans le ciel qui n'annonce pas forcément la pluie…

Il me reste à vous dire que votre présence, pendant ces trop courtes journées de vacances, nous a rajeunis, Laurent et moi. Énergie, vitalité, goût du jeu permanent…

Peu de choses en regard de vos silences pendant le « spectacle ». Souvent, au lieu de m'absorber dans le film, c'est vous que j'étudiais. J'ai rarement été témoin d'une telle concentration. Je pensais même qu'elle n'existait plus ; que, conséquence des produits télévisés, les spectateurs picoraient, de-ci de-là, les seules « informations » qui les concernaient.

Et les silences dont je parlais plus haut se prolongeaient bien après la fin du générique. On eût dit que vous aviez mal, comme lorsqu'on quitte un ami… La suite prouvait qu'à l'émotion se mêlait une attitude critique (au sens large du terme), soit une volonté d'analyse indépendante de cette émotion. J'y reviens : au-delà donc de la séduction ! Si ce n'était outrecuidant, je dirais volontiers que vous êtes en progrès. Moquez-vous, je le mérite.

Ces instants vous embellissaient. Le vrai mot serait « ennoblissaient ». Aussi ai-je hâte de lire vos réflexions sur les films que je vous ai présentés, notamment LA TÊTE D'UN HOMME et REMORQUES. Ne me répondez que si vous en éprouvez le désir, ou la nécessité.

Lorsque je décris à Laurent votre pénétration pendant les films, vos silences, il zèbre l'air d'une de ses phrases « maupiteuses ». Ce mot, qui n'est plus utilisé et c'est dommage, signifie « implacables ».

La phrase ? « Le silence n'a pas besoin de se voir. Il s'écoute. » Une fois de plus je suis confondu par son incomparable sagesse. Je ne crois rien vous apprendre à ce sujet.

Où en êtes-vous de vos projets ?

Ne tenez pas compte de notre impatience à vous revoir mais ne la faites pas s'exacerber, s'il vous plaît.

Mon cher Pierre, vous êtes, dans notre chimie personnelle, un sacré catalyseur. « A poi » comme disent les Italiens de façon un peu vulgaire mais si allègre.

Roger (et Laurent !)

(Et toujours pas de réponse : votre question sur mon métier est-elle en rapport avec de secrètes ambitions ? Dites-moi si je vous dérange en revenant là-dessus… Il me semble parfois que vous regrettez de m'avoir interrogé (inter-Roger ?)… L'amitié peut quelquefois se passer de pudeur, pas de franchise.)

Pierre à Roger

Lyon, 13 octobre 2000

Je suis inquiet. Pas pour Laurent. Il a fini par assimiler sa condition d'infirme au point que ce mot paraît absurde. Cher Roger, pourquoi le contraindre ? Vous semblez sûr de votre bon droit. N'est-ce pas usurper le sien ?

Le fait que Laurent y voie de nouveau accroîtrait-il vos liens avec lui ? Allons donc ! Vous n'être pas paralytique, certes, mais il m'a paru que votre couple était équilibré sans la moindre fausse note.

Que vous manque-t-il à vous ? La cécité de Laurent est-elle un poids pour votre quotidien ? Et, si oui, pour quelles raisons ? Vous êtes si peu clair à ce propos ! Je ne vous accuse de rien. J'attends vos explications. Elles soulageraient l'agacement que je ressens.

Rubrique.

Saisi par la vigoureuse satire, si réjouissante, exercée par Pierre Colombier sur le fonctionnariat et les manœuvres de la finance, dans CES MESSIEURS DE LA SANTÉ, je me suis surtout laissé prendre au brio des acteurs.

(Raimu est ici meilleur que chez Pagnol), aux dialogues sinueux mais, de temps à autre, un plan-séquence étourdissant m'a alerté. Je dois revoir ce film pour tâcher d'y déceler la présence d'une écriture filmique que je soupçonne maîtrisée même si inconsciente, comme vous le suggériez. Y a-t-il d'autres œuvres de ce réalisateur aussi percutantes, aussi élégamment filmées ?

Sceptique dès l'abord, avec la crainte que le metteur en scène, délaissant l'ironie de Maupassant, ne cède à la caricature pour « épaissir » cette histoire a priori sommaire, j'ai été captivé par la subtilité du ROSIER DE MADAME

HUSSON. Qui est ce Bernard-Deschamps ?

Pas la moindre facilité chez lui ! La séquence où Fernandel, sublime d'innocence – pas celle, attendue, du puceau légendaire –, entre dans la chambre du bordel, ouvre sur un tragique sous-jacent là où tant d'autres cinéastes nous auraient concocté une scène bien grasse… L'ellipse, ici, nous emporte vers d'autres horizons que vient contrarier la chanson qui suit : « Maintenant, je sais ce que c'est… » Il faudrait d'ailleurs analyser l'emploi des chansons dans les films des années trente : digression ou dialectique ? J'y ai vu une légère parenté avec Jean Vigo.

Vous m'avez parlé de MONSIEUR COCCINELLE dont la réputation m'était parvenue et que j'ai fortement envie de visionner. Autres films de ce Bernard-Deschamps ?

Je souffle un peu avant d'aborder la suite de ce programme qui a vraiment bouleversé ma vision du cinéma…

Ma sœur Anna m'a prié de vous remercier : je lui ai fait part de vos conseils en matière d'homéopathie. Le droséra composé l'a tout à fait guérie de cette toux sèche qui la faisait tant souffrir et l'empêchait de se reposer la nuit. Elle souhaiterait vous connaître ! Attendez-vous de sa part à un questionnaire médical sans mesure. Hypocondriaque, je la croyais. La voir enjouée après le soulagement opéré par votre médicament m'a détrompé… Elle est de nouveau au Canada, guérie. Vous l'avais-je dit ?

Connaissez-vous cette histoire qui m'amuse beaucoup (pas de liens, ou très ténus, avec ce qui précède) ? Une mère emmène son fils chez un psychiatre. Elle subodore un complexe d'infériorité… Après examen, le psy dit à la maman : « Non, Madame, votre fils n'a aucun complexe. Il est tout simplement inférieur ! »

Et maintenant, comment aborder ces deux immenses chefs-d'œuvre ? L'un et l'autre m'ont transporté ! Deux films d'auteur à la portée universelle, de nature presque opposée : le classicisme de Grémillon face à la modernité de Duvivier, alors que REMORQUES date de 39/40 et LA TÊTE D'UN HOMME, de 32…

Preuve que le discours filmique n'a pas d'âge et coule de source aussi bien dans le respect de la dramaturgie que dans l'extravagance d'une construction perverse.

N'exigez pas de moi que je décide lequel de ces deux films est le plus important.

Dans le Duvivier, il y a invention permanente, audace féroce dans la noirceur. Perfidie concertée dans la mise en scène. Découpage singulier. Direction d'acteurs adaptée. (Inkijinoff est stupéfiant. Harry Baur d'une humanité quasi… inhumaine !)

Dites-moi si je m'abuse, docteur… La scène autour du réchaud entre ces deux « monstres » n'a-t-elle pas inspiré Bresson dans son PICKPOCKET ? Même style chez Martin Lassalle et Jean Pélegri. Même argumentaire d'un côté et de l'autre. Plus d'excès dans le Duvivier. Plus d'ironie dans le Bresson mais… un axe identique.

Je parlais d'audace. Elle n'est pas seulement dans le roman de Simenon. Duvivier ne fait qu'en rajouter ! Par exemple dans le moment crucial où Inkijinoff confronte les deux éléments de sa dichotomie amoureuse : la voix d'une femme et le visage d'une autre. La voix de Damia avec son contexte d'une époque et le visage de Gina Manès, symbole de la garce, ici revisité. Duvivier semble réinventer le Play-Back !

Virtuosité « irrespectueuse » qui mélange douceur et violence dans une insidieuse dysharmonie… Et la course du meurtrier, bouche ouverte comme dans LE CRI d'Edvard Munch (Hommage inconscient ?).

Ou encore ce poing anonyme qui, sans rapport direct avec l'anecdote, frappe, frappe, frappe au rideau fermé d'une pharmacie. Redonnant visage d'homme à un machiavélique assassin...

C'est peut-être ce plan qui m'incline à penser de ce film qu'il possède une écriture révolutionnaire. Et quand vous classez Duvivier parmi les auteurs inconscients, je parierais pour le contraire. À vérifier...

REMORQUES. Le roman de Roger Vercel, je l'avais lu au cours d'un voyage en avion. Malgré votre enthousiasme, j'attendais peu du film. L'histoire, banale, artificiellement rehaussée par une ode à la mer, me paraissait rébarbative. Même si l'on pouvait imaginer, sur l'écran, de grandioses tempêtes, toujours photogéniques, en contrepoint de l'aspect psychologique.

Bref, après les délices de LA TÊTE D'UN HOMME, j'allais vers REMORQUES à reculons, prêt à subir le pensum par amitié pour vous. Pas seulement. Pour les acteurs aussi. Jean Gabin, que j'appréciais moyennement chez Gilles Grangier, ronronnant dans des rôles écrits sur mesure, m'avait convaincu chez Grémillon. J'étais curieux de le revoir dirigé par lui.

Une fois encore, vous avez vu juste. Grémillon a su éviter tous les pièges... Si tempête il y a, elle est seulement l'instrument du destin qui va faire naître de l'eau une femme improbable, naïade ou sirène...

Pas une faille dans ce film bouleversant, moins à partir de l'anecdote pourtant chargée d'émotion que par la distance (le respect ?) choisie par le metteur en scène. Et les exceptionnels dialogues de Jacques Prévert. Dosage savant entre poésie, ironie et populisme feutré.

Grémillon laisse parler Prévert, enregistre des images fortes aux lumières sourdes, dirige Gabin et Morgan vers une violence passive, créant ainsi une véritable dialectique.

Quel est ce fantôme, sorti du néant, retourné au néant, qui s'habille en homme, s'exprime en homme, et souffre en femme ? Michèle Morgan, lumineuse, fragile et butée, sert élégamment le double jeu que lui propose Grémillon.

Chez Duvivier, le trouble est apparent ; les remous du « fleuve » explosent en surface. REMORQUES ? Tout est calme et volupté, sans luxe, mais, dans les profondeurs, que de secousses, de spasmes, d'incertitudes, suggérés par une mise en scène impitoyable. Fluide, cela va de soi… Qui aujourd'hui serait capable d'une telle acuité ? Jacques Demy peut-être, mais il nous a quittés lui aussi.

Allons, cher Roger, il me faut absolument poursuivre avec vous ce parcours initiatique. Il ne m'apporte que du bonheur.

Grâce vous soit etc.

Pierre

(Il est encore trop tôt pour que je précise les raisons de mon intérêt. Je peux vous annoncer que je songe à changer de métier. Ceci vous donnera une indication, je pense.)

Christiane à Pierre

Ouessant, 18 octobre 2000

(Cœur de) Pierre

Tu m'as écrit un jour : « Mon obstination frôle l'irrespect. » Sois donc honnête avec toi-même, je te le demande. Je sais, cette phrase est absurde, elle défie la logique. Je n'ai rien trouvé d'autre. Mon vrai souci est de ne pas troubler ton confort.

Une image me vient maintenant : le soleil se levait sur Palm Beach. J'étais seule sur la terrasse, nimbée de rose et de rosée. Tu dormais dans la chambre voisine. Je pouvais entendre ta respiration. Curieuse extase… Calme total… Cheveux au vent… Baisers volés… Rêves mouvants… Si tout durait ainsi, longtemps, longtemps.

Mais le réveil est sans pitié. Bonheur fané…

Dis-moi adieu. Ce seul mot suffira.

Et je réapprendrai à vivre, selon ta manière. Être une femme libre ne me suffit plus.

Christiane

Roger à Pierre

Le Kremlin-Bicêtre, 20 octobre 2000

Non, Pierre, je n'y avais pas pensé. Et pourtant, vous devez avoir raison. Robert Bresson prétendait ne jamais aller au cinéma. Il mentait si volontiers. Je l'avais aperçu un jour dans une salle pendant l'entracte (C'était pour un Visconti : VIOLENCE ET PASSION), assis au fond, col relevé. Il avait dû entrer après le début de la séance, profitant de l'obscurité… Certainement, il connaissait LA TÊTE D'UN HOMME. Jamais il ne l'aurait avoué. Je crois que, d'un certain point de vue, il y avait de la pertinence dans son mensonge : il n'allait pas au cinéma, il visitait les films… en vampire assoiffé d'images et de sons. Curieux de l'actualité, il en retenait ce qui le servait, en aspirait la substance et nous donnait à partir de là… des chefs d'œuvre ! Sa mort, l'an dernier, m'a laissé orphelin.

Nobody's perfect. Lui, moins que d'autres. Mais ce n'est pas du « cinéma filmé », formule relevée dans une revue encore plus élitiste que Les Cahiers du Cinéma sous la plume de Jean-Claude Biette dont il faudra que vous voyiez les films, si ce n'est déjà fait !

J'étais bien certain que vous aimeriez LA TÊTE D'UN HOMME, et même que vous y décèleriez un discours filmique conforme à ce que vous attendez du cinéma.

Votre analyse de REMORQUES est fort judicieuse. Vous relevez certaines vapeurs du film. En particulier, ce qui m'était apparu et que je n'osais formuler. Le personnage de Catherine pourrait-il être un homme ? Malice de Grémillon que l'on disait amoureux de Michèle Morgan et aussi bisexuel…

Rien ne s'opposerait en effet à ce que le capitaine André Laurent retrouve sa maîtresse après la mort de sa femme, incarnée un peu mécaniquement par Madeleine Renaud. Sauf si... Mais qui accepterait, dans le contexte, que Gabin parte à la fin du film avec un homme ? Il y a d'autres hypothèses concernant le personnage fascinant de Morgan : simple mirage venu de la mer qui se dissoudrait peu à peu sur la terre ferme. Ou encore le reflet de Madeleine Renaud, telle qu'elle était lorsqu'elle a rencontré Gabin...

Rien n'est plus agréable que de débattre avec vous des secrets d'un film, fût-ce au-delà des intentions de l'auteur. Plus la matière est riche...

Pour le Duvivier, non, je n'avais pas repéré l'allusion à Munch mais la scène Damia/Gina Manès m'avait emporté dans la même direction que vous. Scène sans équivalence de nos jours ! Nous aurons l'occasion de poursuivre cet échange : je vous ai préparé un nouveau lot de cassettes. Je m'amuse à faire des pronostics... Very funny !

Laurent. On ne peut pas dire que vous ayez été tendre ! J'aime ça. La franchise brutale me requinque.

Un peu de flash-back : Laurent n'est pas né aveugle. Quand il me parle de son adolescence, c'est en couleurs qu'il l'évoque. J'ai pensé, peut-être hâtivement, au bonheur qu'il ressentirait de revivre ces couleurs après quarante années de cécité.

Était-ce de la présomption ou de... l'aveuglement ? J'y ai cru, le fait est là. Peut-on en vouloir à quelqu'un qui va jusqu'au bout de ses intentions ?

Mon père était ophtalmo. Nous étions, Laurent et moi, seuls dans la salle d'attente. Je ne me suis même pas aperçu qu'il était aveugle. J'ai engagé la conversation. Il m'a dit que j'avais une voix charmante. Je le trouvais très beau, à l'aise dans ses mouvements, joyeux et blagueur.

Je l'admirais. Bientôt, j'allais l'aimer.

Après ma rencontre avec Laurent, deux ans exactement, mon père, veuf – je n'ai pas connu ma mère – mourut à son tour. Le métier que j'avais choisi, un peu par paresse, un peu par indépendance, ne me rapportait guère. Laurent me voulait près de lui constamment. Il a acheté cet appartement où nous vivons depuis presque quinze ans.

Et il a décidé de m'entretenir. La photographie est devenue un hobby. Je m'y consacre sans éprouver la désagréable nécessité de gagner beaucoup d'argent… (À ce propos, vous restez mystérieux toujours. Voudriez-vous aussi faire de la photographie ?)

Je n'ai pas honte de cette situation. Ce qui me dérange, en revanche, c'est qu'il soit dépendant. Voilà la vraie raison de mes efforts. Il se sentirait plus libre et moi aussi. L'idée qu'il puisse envisager que je reste auprès de lui par pitié (*cf.* Stefan Zweig) me taraude…

Je ne suis pas masochiste.

Aussi ferai-je tout ce qui est en mon pouvoir pour qu'il recouvre la vue et me VOIE tel que je suis, non plus tel qu'il m'imagine… Oui, je sais, je risque très gros.

Je n'ai aucune confiance en mes « qualités » et je connais son impitoyable lucidité.

Comprenez-moi, je vous en prie, ami si cher.

Roger

Pierre à Roger

Lyon, 1er novembre 2000

Mon ami,

Je reviens d'une tournée dans le Vaucluse, fatigué, ulcéré, déçu, après avoir arbitré un différend entre deux sociétés qui souhaitaient se regrouper. Chacune avec le secret désir de bouffer l'autre… Audit sur audit. Chantages voilés. Salamalecs en réunions. Bref, tout ce que je hais. La duplicité. Les menaces. Les insultes qui suivent les coups d'encensoir. Pour en arriver à la rupture avec procès en perspective…

Comment ne pas me sentir responsable d'avoir refusé les compromis, la falsification des comptes ? De m'être blindé face aux dessous de table proposés ? J'en passe…

Ah ! Si je pouvais consacrer ma vie au cinéma, dans quelque poste que ce soit… À bientôt trente-six ans, n'est-on pas trop vieux ? Surtout sans qualification aucune ! Le voilà mon secret ! Je me demandais si, fréquentant le milieu, vous parviendriez à m'ouvrir une ou deux portes…

Évidemment, je pourrais m'attacher à une société de production et y exercer mon métier de comptable… Mais le chômage est conséquent chez les intermittents du spectacle. J'arrête de rêver !

Dites-moi un peu : d'où vous vient cette crise d'humilité ? Vos « qualités » sont perceptibles ! On les ressent à chacune de vos prises de position, à chacune de vos paroles, à vos doutes sur vous-même… Laurent n'a pas besoin de voir pour en être certain.

Restent vos regards et vos sourires, votre charisme discret, et ce charme que vous déployez, un tant soit peu pervers (subtilement ?).

Si une nouvelle opération vous paraît indispensable, n'hésitez plus… À condition que Laurent l'accepte sans réticence. Votre « point de vue » est relativement sommaire. Vous omettez, me semble-t-il, un élément important.

Vous craignez la réaction de votre compagnon en vous découvrant « tel que vous êtes ». Vous ne pensez pas à son désarroi quand il sera mis en présence de sa propre image !

Ses mains sur vous lui en apprennent presque autant que ses yeux. Il vous connaît parfaitement déjà. Mais lui ? Lui, à son âge ? Lui qui s'est « perdu de vue » depuis tant d'années ? Ne tentez pas cette impasse avant d'y avoir réfléchi sérieusement.

Parlez-lui voyages. Faites-lui miroiter les mutations quotidiennes, le miracle des saisons. Rappelez-lui que la vue permet de sortir de soi, d'échapper aux miasmes du renfermé. Que le ciel est plus clément quand on le contemple de l'extérieur. Peut-être alors le convaincrez-vous d'abandonner la nuit pour les réveils conscients, pour les fêtes de l'aurore… Vous saurez dire mieux que moi.

Je n'ai pas envie aujourd'hui d'ouvrir notre rubrique.

À moi, les doutes dépressifs. À moi, le noir des obscurités mentales. Autre façon d'être aveugle ! Votre amitié me parle, sachez-le. M'aidera-t-elle à prendre « la » décision ?

J'ai hâte que Laurent me juge… de visu ! Guéri, il participera certainement à ma propre guérison…

Affectueusement,

Pierre

Christiane à Pierre

Ouessant, 20 novembre 2000

Je te croyais courageux et direct.

Grâce à toi, j'apprends l'humiliation et le désespoir. Même le silence a des mots. Je ne connais pas son langage.

Ouessant est rude aux abords de l'hiver. Le froid qui devrait anesthésier mon chagrin, ne fait que le raviver.

Est-ce si difficile de me dire adieu ?

Christiane

Pierre à Christiane

Paris, 15 décembre 2000

Chère entêtée,

Vous croyez-vous seule au monde ? Et persécutée ?

Non, je ne m'amuserais pas à jouer au ping-pong avec vous. S'il est vrai que j'étais en peine hésitation, ce n'était pas à votre égard. Encore moins pour vous dire adieu.

Mon travail m'accaparait au-delà de ce que je pouvais tolérer. En même temps, il faut avouer que la routine a ses avantages. Repos de l'esprit. M'empêchant de penser trop cliniquement, elle m'ouvrait les portes des cinémas. Sans souci d'argent, je me sentais davantage perméable aux univers étrangers. J'étais disponible.

Peu à peu, mes aptitudes m'ont fait « grimper » dans les responsabilités. À l'air libre, j'ai dû affronter la réalité de ma fonction, les concessions à l'honnêteté, la « carotte » de l'avancement… Insupportable ! J'ai traîné deux semaines dans un hôpital. Où je crachais consciencieusement mes antidépresseurs…

Soudain, tout s'est éclairci. Je vous explique.

Vous souvenez-vous de ce jour en Bretagne où vous m'avez aperçu en compagnie à la terrasse d'un café ? Ces gens-là sont devenus de grands et fidèles amis.

Roger, le moins âgé, cinéphile averti, tatillon même, est quelqu'un de délicieux dont l'honnêteté scrupuleuse est sans cesse en mouvement. Nous parlons cinéma avec entrain comme deux adolescents. Seulement par écrit. Sorte de rubrique où nous déballons nos enthousiasmes, nos déceptions. Qui nous aide à réfléchir, film par film, sur la nature de notre attachement au cinéma.

Laurent, son ami (Vous aurez compris qu'il s'agit d'un couple) était aveugle. Une première opération à New-York qui n'a pas abouti l'a persuadé qu'il était finalement plus heureux comme ça... La deuxième, décidée après maints palabres, a eu lieu la semaine dernière à Marseille. Réussite partielle qui devrait, selon le chirurgien, se confirmer assez vite. Déjà, il distingue les formes et les couleurs.

Et voici pourquoi je vous ai parlé d'eux. Roger, photographe indépendant, engagé sur un film, m'a présenté au producteur. Un jeune homme ambitieux, autodidacte, ne connaissant rien aux chiffres. Nous avons sympathisé et me voici... chef-comptable de son entreprise !

J'avais démissionné du holding lyonnais sans véritable certitude d'intégrer le monde du cinéma. C'est fait. Je me suis installé dans l'appartement d'Anna qui se plaît toujours autant au pays des Grands Lacs et des érables. Fascinée par Edwin, bûcheron d'une beauté redoutable, avec qui elle avait eu des contacts fantasmatiques sur la toile, elle a souhaité développer une relation plus... tactile. Et l'a épousé. Mais vous connaissez tout ça.

L'appartement est maintenant à mon nom. Je n'y ai pas encore fait mon nid et... je compte sur vous pour m'aider. C'est tout de même ici que nous avons fait connaissance. Et c'est en ces lieux, si vous y consentez, que nous fêterons, avec l'année 2001, le premier anniversaire de notre rencontre. Je vais vite, je sais. Il est urgent pour moi de rattraper le temps perdu. Perdu par étourderie. Par bêtise aussi. Mais vous ? Car je ne pense qu'à moi en cet instant. À la joie de retrouver ma jolie Cannoise... Vous, qu'avez-vous fait de ce temps loin de moi ? M'avez-vous rayé de votre « catalogue » ?

Je suis persuadé que, sous mes sarcasmes, vous décelez mon émotion. Vous m'avez reproché une fois de ne pas être direct. Je m'y efforce maintenant. Êtes-vous prête ?

Pierre

Christiane à Pierre

Ouessant, 17 décembre 2001

Je suis prête.

Christiane

DEUXIÈME PARTIE

Christiane à Pierre

Grandes Piles, 10 septembre 2005

Charmant petit village de 400 habitants environ, juché à flanc de montagne sur les rives de la Saint-Maurice, à 1 heure 45 de Montréal (mais pas en traîneau !), Grandes Piles est un lieu exceptionnel pour les activités de plein air dans les quatre saisons : croisière, canoë, voile, raquettes, pêche, randonnées pédestres, rollers, ski de fond, équitation… Et moi, je tricote !

Tu peux constater que je n'ai pas perdu l'usage des dépliants touristiques, à ceci près que je peux vérifier chaque jour la légitimité de leurs informations.

Les érables rougissent. Je te voudrais près de moi.

La douceur de l'air est trompeuse : quand les reflets rosis s'éteignent au loin sur la rivière, le froid gagne brusquement. Ta sœur et moi enfilons nos petites laines en riant comme deux folles. Nous avons retrouvé la complicité de notre adolescence.

Torse nu, faisant jouer ses muscles épais avec un soupçon d'exhibitionnisme, Edwin, armé d'une hache monstrueuse, héritage familial, ou plus prosaïquement d'une scie thermique, taille de grosses bûches pour la veillée. Nous restons seules devant l'âtre où crépitent les écorces ; seules à ressasser nos souvenirs de jeunes filles, entrecoupés des bêtises rituelles : les hommes, leur fatuité, leur égoïsme, leur narcissisme, leur besoin de séduire, pour nous demander chaque fois ce que nous deviendrions sans eux…

Sais-tu ce que c'est qu'un draveur ?

La plupart du temps, le bûcheron, qui a passé son hiver à déquiller les grands arbres des forêts voisines, attend le dégel pour descendre les bois entreposés sur des lacs ou des digues de fortune.

Il crèche alors sur un radeau dans une « hutte », s'active avec sa pique (la « drave ») à pousser les troncs au gré du courant, sautant d'un bois à l'autre, trempé de la tête aux pieds, acheminant ainsi sa flottaison jusqu'aux papeteries du fleuve Saint-Laurent.

Le grand-père d'Edwin était un de ces draveurs, ou rafteurs, mal payés, miséreux, vivant sa passion au mépris du risque. Mort dans le dénuement, l'année où ce mode de transport, jugé périlleux pour les poissons que la libération des métaux lourds contenus dans la résine exterminait peu à peu, fut rejeté au profit du transit ferroviaire.

Orphelin de Papa/Maman, Edwin, fidèle à la mémoire de son aïeul, embauché comme bûcheron dans la région, mit un point d'honneur à faire édifier le Musée qui rend hommage aux anciens travailleurs de force.

Aujourd'hui, gagner son pain à cette sueur-là est problématique. Edwin a heureusement d'autres talents : il chante le folklore, s'accompagnant à la guitare, anime les soirées pour les visiteurs du Musée, toujours plus nombreux.

Et voilà pourquoi ta sœur et moi ne sommes pas muettes, délivrées du joug masculin le temps de quelques veillées. Je ne me moque pas. Tout est rude dans cette contrée où persistent les coutumes ancestrales : l'homme est un homme ; la femme, une femme ; et le respect, mutuel. C'est bien reposant. On évacue les pensées malsaines. Les journées paraissent plus courtes. Les nuits, en revanche, déjà glaciales, accusent l'absence.

Tu dois te douter que ce régime ne saurait me convenir trop longtemps. Certes, j'admire la flore, généreuse et odoriférante ; je médite au bord de l'eau ; j'aide Anna si fière de son « ballon »… Mais je me méfie de son mec dont l'impudeur suscite quelquefois le désir.

Je l'avoue : je suis en manque. Edwin l'a deviné. Ses

regards ne m'épargnent pas. Mes rebuffades l'émoustillent. Pour Anna, pour moi, et même pour lui, je me réjouis de la naissance prochaine du petit Maurice (hommage à la rivière où l'aïeul jouait avec ses arbres).

Je me croyais à l'abri. J't'en fous !

Prière au grand Saint-Pierre : démerde-toi, fais-toi porter pâle si nécessaire mais REJOINS-MOI !

Ta Christiane, bien fragilisée.

P.(ierre) S.(aint) : Anna ne se doute de rien. Inutile de l'alarmer dans son état. Oui, elle me parle souvent de toi. Oui, elle t'adore. Oui, je t'adore. Si tu crois que ça va arranger les choses…

Roger à Pierre

Le Kremlin-Bicêtre, 15 septembre 2005

Je trouve épatant (c'est ton mot, mais sais-tu que c'était aussi l'épithète préférée de Renoir ?) que tu rejoignes Christiane et ta sœur. Tu as un grand besoin de t'aérer : l'acharnement que tu as mis à faire ton trou dans « ce métier » (désignation favorite des intermittents du spectacle !) a entamé tes défenses immunitaires. Halte-là !

Tu t'es endormi l'autre soir devant LES YEUX NOIRS de Victor Tourjansky. Il y a tant à apprendre de ce réalisateur prolifique, constamment inventif dans son… discours filmique ! Tu reverras ce film si tu me fais confiance.

Oui, je sais, tu as fondé ta société de production, trois projets sont en cours de développement… Eh bien, délègue ! C'est une qualité essentielle que de savoir déléguer. Et rien ne t'empêche d'emporter avec toi les scripts des films que tu prépares. Tu recueilleras les impressions de tes femmes…

Pas d'irritation ! Je t'entends hurler : « Mais elles n'y connaissent rien ! » Justement, leur innocence serait plus apte à t'éclairer que ne pourrait le faire le vieux cinéphile que je suis devenu : lucide mais inconséquent.

Laurent serait davantage utile. Il te connaît, devine chaque fois ce que tu cherches à exprimer. Il t'oriente sans te buter, reste vigilant : « Le cinéma n'a pas forgé le caractère de Pierre, d'ailleurs, on ne forge pas la pierre… Il lui a donné mauvais caractère… » Sic ! Mais tu n'ignores pas combien il adore taquiner. Il affirme aussi que tu es encore meilleur lorsqu'on te défie.

Nous visitons souvent les jardins du XIIIe Arrondissement, limite de nos promenades. Contrairement à ce que je prévoyais, ce sont les oiseaux, et non les fleurs, qui le passionnent.

Je n'irais pas jusqu'à le comparer à Saint François d'Assise mais il est vrai qu'il les apprivoise avec délicatesse. Quelques miettes de croissant et surtout une attention passive qui les met en confiance.

Il a toujours avec lui un petit carnet sur lequel il prend des notes discrètement ; et qu'il m'est interdit de consulter.

Il t'avait dit quelque jour : « Sans les oiseaux, je regretterais de ne plus être aveugle. » Tu n'avais rien répondu. Tu as pris ton air renfrogné. Je te sentais perplexe ; contrarié peut-être. Aujourd'hui encore, je me demande pourquoi. T'en souviens-tu ?

Les oiseaux donc, et pas les fleurs. Après sa deuxième opération, il était sensible aux couleurs. Sa nouvelle foucade m'étonnait. Riposte sidérante. « Les fleurs ne sifflent pas. Leur chant, c'est leur parfum. Je les connaissais déjà. Eux, les oiseaux, je les découvre. Leur fragilité est le vrai visage du monde. »

J'aimerais qu'il écrive.

Mais il me semble tellement loin de tout, comme si le visible lui était indifférent ; comme si la vie, en dehors des oiseaux, n'avait plus pour lui aucun attrait.

Peut-être avais-tu deviné juste ? Peut-être ne supporte-t-il pas son apparence ? Avec moi, il est respectueux, distant.

Nous ne faisons plus l'amour, ne partageons plus le même lit. Il lui arrive de me dire, avec un peu de maladresse : « Sors, va chercher ton plaisir, je ne suis pas jaloux. »

Je ne connaissais rien du malheur. Ce n'est pas un convive agréable. Tu vas me gronder. Je le mérite ?

Affectueusement.

Roger

P.S. N'oublie pas de venir nous voir dès ton retour. Tu me manques déjà et nous nous sommes vus hier soir !

Pierre à Christiane et Anna

Paris, le 20 septembre 2005

Mes belles,

J'ai enfin pu me dégager un entracte. Je prends l'avion sous peu : olé ! (Si vous découvrez l'astuce, chapeau !) On m'avait recommandé un directeur de production. Je l'ai rencontré. Il fera l'affaire. Intelligent, sans trop. Ambitieux, un peu trop. Il a les dents en avant. Tant qu'il ne raye pas mon parquet...

J'espère que le petit Maurice aura la courtoisie d'attendre mon arrivée et le tact de pointer son museau avant mon départ. Je ne compte pas rester plus d'une semaine.

Les financiers se montrent enthousiastes. Si si. Et sans contrepartie excessive. Seulement quelques comédiens à changer. Ce qui n'a pas l'air de bouleverser mes réalisateurs. Lâcheté ou indifférence ? Je suis certain qu'à leur place je me battrais avec davantage de conviction. Aujourd'hui les chaînes de télévision imposent leurs points de vue. Leurs choix. Je regrette sincèrement qu'elles nous gouvernent.

C'est une excellente chose que vous ayez renoué avec votre adolescence. Vieillir est inévitable. Moisir peut se contourner. Les meilleurs antidotes surnagent dans notre jeunesse. Suffit d'aller les pêcher. Amusez-vous, faites les folles, laissez le bel Edwin jouer les jolis corps...

Anna.

Tu ne reconnaîtrais pas ton « home » ! J'ai abattu deux cloisons. J'y respire mieux. La lumière frétille partout dans le salon. La terrasse de la chambre, agrandie, regorge de fleurs et de bonsaïs.

Je me suis offert un grand écran, incrusté dans le mur. Six vieux fauteuils de cinéma que j'ai fait retaper. Carrément

Hollywood ! Roger et Laurent piaffent d'impatience. Ils ne verront rien avant que je ne sois totalement satisfait. À ce jour, les enceintes me paraissent heu… hoquetantes.

Christiane.

Minerve et moi formons un couple parfait. À ceci près qu'elle se pâme sur mes vieux fauteuils. Je redoute ses griffes. L'hypocrite fait semblant de ne pas comprendre pourquoi je l'enferme dans la chambre quand je ne suis pas là !

Ta femme de chambre que j'ai recontactée la pouponnera pendant mon séjour canadien. Elle a reçu les consignes. Je la soupçonne de trop aimer les bêtes. La preuve : elle me flaire !

Je ne réponds toujours pas au téléphone. Ni au fixe. Ni au portable. Ce qui enrage mon jeune assistant. Je déteste être dérangé pour des riens. Sur Internet, on lit les messages. On y répond quand le besoin se fait sentir…

À ce propos, Christiane, je souhaiterais que tu m'envoies une liste de vêtements à emporter. Ici, même quand l'été fait ses valises, il reste une sorte de printemps où, sur les feuilles, le vert se change en rouille. Délicatesse de l'air. Fraîcheur des soirées qui autorisent un sommeil rapide et profond.

Sur les conseils de Roger, je vous donnerai à lire mes tapuscrits. Soyez sans pitié.

Bises, bises, et bises que… le vent vous dépose.

À tout de suite, en vrai !

Votre dévoué.

Pie… errant

Christiane à Pierre

Grandes Piles, 25 septembre 2005

Mon chéri,

Tu auras trouvé cette lettre sous ton oreiller. Je n'avais pas l'intention de te parler devant les autres, Anna incluse. Elle me pousse à te faire des enfants (C'est son expression !). Tu as 40 ans et moi, 35. Serait-ce raisonnable ? Et puis qui élèverait nos mioches ? Ton travail, le mien, que nous n'aurions envie de sacrifier ni l'un ni l'autre… Je me sens plus femme que mère, tu le sais. Toi, que penses-tu vraiment ?
Mes lèvres sur les tiennes.

Ta Christiane. Pour combien de temps ?

Pierre à Roger

Grandes Piles, 30 septembre 2005

J'ai écouté tes conseils. Me voici chez nos cousins d'Amérique. À l'autre bout de mon univers... Des mois et des mois seraient nécessaires à l'accoutumance.

Le petit Maurice a eu l'heureuse idée de pousser ses premiers cris le lendemain de mon débarquement. Il est très mignon. Tout le monde s'extasie sur sa ressemblance avec moi...

Je repars en fin de semaine. Christiane assistera son amie quelques jours encore. Nous fêterons tous ensemble, dès son retour, l'inauguration de ma « salle de projo ». Tu auras le choix du programme. On ne discute pas !

Comme j'ai tenté de te le faire comprendre, ici, tout est tellement différent de nos « costumes » que j'en suis gêné aux entournures...

Le premier soir, par précaution (???), Christiane est restée dormir auprès d'Anna. J'ai dû partager ma couche avec Edwin. Je dis « couche ». Le lit est presque un berceau ! Tu devines mon embarras. Mes pieds sortaient des barreaux. Le matelas gémissait sous nos poids. Nos corps se heurtaient...

Au milieu de la nuit, nous dormons nus, son sexe durci a effleuré ma cuisse. Quasiment électrocuté, je me suis enfui sur le canapé, où j'ai grelotté comme la cloche que je suis...

Assez étonné, je dirais même furieux, il m'a asséné : « Ben quoi, on est deux mâles, rien que de naturel. » Pardon, mon cher Roger, ton point de vue est sûrement différent du mien. Je me suis retenu de lui crier ma pensée. À la vue de mon visage congestionné, il m'a balancé : « T'es un drôle de gnard ! »

Lui, pudeur, pas connaître. À poil toute la journée, muscles saillants, zigounette en balade... Oui, oui, j'entends tes ricanements… L'irritation m'a fait douter de mon hétérosexualité !!! J'étais troublé, faut le reconnaître.

Je m'attendais, avec un rustre comme lui, à de grandes tapes dans le dos. Usage des « mecs à la redresse ». Je caricature à peine. Mais lui, non, c'étaient des pognes sur la nuque, caressantes. Et, pour finir : « Viens que je te masse, t'as les nerfs en pelote ! »

Tu m'imagines, enrhumé, allongé sur une table avec juste un bout de tissu sur les fesses. Lui, bien calé entre mes cuisses. Malaxant mes épaules, mes reins, avec hargne. J'aurais pu m'endormir. L'appréhension de son corps nu sur le mien m'en a dissuadé… Brrrrr ! Enfin, j'en suis débarrassé. Il a retrouvé sa compagne. Et moi, le lit de Christiane. Là, l'étroitesse me comble.

Les réactions de Christiane et d'Anna à la lecture de mes scripts ont été enthousiastes. Autant dire que cette opération fut inutile. J'espérais des objections constructives. Des remarques en profondeur sur quelques incohérences. Au lieu de ces « je t'assure, c'est très bien comme c'est », « il n'y a rien à modifier, l'émotion est toujours présente, même quand on rit » !!!

Je suis perclus de doutes comme on le serait de rhumatismes… Ne voulez-vous pas faire un effort, Laurent et toi ? Entre ses sarcasmes et tes réticences polies, je découvrirai peut-être les failles que je subodore. Enfin, il nous reste six mois avant les tournages. Même si la préparation est déjà lancée.

Grandes Piles est un village plaisant. D'impressionnantes forêts semblent nous protéger des invasions barbares. La rivière qui roucoule, sans remous, a de charmants murmures.

Depuis que je me suis décidé à me lancer dans la production, mes oreilles sont devenues de véritables « puits à la boule ». Le moindre son est capté, identifié, recensé…

J'aurais dû emporter un magnétophone…

Rubrique.

J'ai eu le temps de réfléchir. J'essaie d'oublier en moi le futur professionnel qui contraindrait l'enfant passionné que j'entends rester. Innocent devant les images.

Si je me suis endormi devant LES YEUX NOIRS, la raison en est simple. Je ne saisissais pas bien l'intérêt de cette histoire à l'eau de rose. Que le jeu de Simone Simon rendait plus mièvre encore. Et puis, en y repensant…

Vaguement, mais de façon obsessionnelle, me reviennent quelques séquences, enregistrées dans mon demi-sommeil, comme le va-et-vient d'Harry Baur devant le cabinet particulier où sa fille risque de perdre sa vertu…

Plus sûrement, ce travelling inachevé, prolongé par un raccord dans l'axe tout à fait incongru, pendant l'explication finale entre Harry Baur et Simone Simon.

Oui, tu as raison. Tourjansky est certainement un auteur. Je le vérifierai dès mon arrivée à Paris. Je compte bien sur une invitation. Bravant le décalage horaire, je me tiendrai éveillé face à ce film que je crois avoir offensé !

Mon silence maintenant après la phrase de Laurent (les oiseaux et son regret de voir à nouveau)… Pouvais-je expliciter par la parole ce que mon mutisme exprimait déjà ? Un reflux dans le fleuve des remords. De ceux que l'on enfouit au fond du lit, enclavés dans la vase, pour ne pas avoir honte ?

Honteux d'avoir parlé ? Honteux de me taire…

La vigueur de Laurent, aussi indéniable soit-elle, ondoyante, pétaradante parfois, capable de volte-face autant que d'obstination dans son austérité, peut déclencher en lui de fatales révoltes.

Je me demandais, un peu stupide face à lui, si la lumière revenue ne projetait pas des ombres oubliées. Qui, jusque-là, s'étaient fondues dans l'obscurité…

J'ai craint, je crains, pour lui, le réveil d'une mémoire dont nous ne savons presque rien. Qu'il garde secrète pour ne pas avoir à s'en expliquer.

Bon Dieu, Roger, je patauge. J'argumente. Je feins de me justifier. Alors que, tu en as eu le sentiment, j'aime Laurent comme le père qui m'a fatalement manqué. Je le suspecte de retenir quelque action de son passé. De laisser volontairement pourrir cet abcès dont l'incision serait délicate, mortelle peut-être…

Toi seul peux l'aider à dissiper le brouillard où il croit trouver refuge. Par bonheur, il ne s'y complaît pas. L'espoir demeure donc.

Suis-je en train d'écrire un mauvais scénario ? Comme j'aimerais que cela soit… Que tu me railles !

Je t'embrasse.

Pierre (d'achoppement ?)

Christiane à Pierre

Grandes Piles, 10 novembre 2005

Pierrot,

Le petit Maurice, dont la précocité nous sidère, développe en série les maladies de l'enfance : nous avons passé sans encombre la rougeole et la scarlatine. Nous attendons les oreillons qui induiraient plus de risques, pour Edwin surtout !!! Anna ne s'affole pas. Elle prétend que c'est de famille. As-tu subi autant de misères ? Edwin tempête. Il clame que, dans son arbre généalogique, il n'y a rien eu de tout ça, aussi haut qu'il grimpe dans les branches… Tu imagines les conflits, la suspicion, les reproches. Ta sœur a une âme de sainte. Elle laisse hurler à la mort. De temps à autre, elle lâche avec une gentillesse extrême un « tu m'emmerdes » qui fait exploser Edwin. Il claque la porte, va se soûler. Quand Anna stresse trop, je lui conseille de ramasser ses affaires, Maurice inclus, et de partir avec moi.

Elle sourit, l'idiote, avant de répondre : « Il est un peu coléreux (un peu !!!) mais si doux au lit ensuite. » J'ai du mal à imaginer la douceur chez cet Hercule de foire. Mais Omphale, n'est-ce pas… Ou Europe fascinée par le taureau. Eh ! Eh !

Alors, je reste encore pour être témoin du miracle ! Ne m'en veux pas : je sais la date limite. Je te promets d'être près de toi avant la fin de l'année. Avec effort, je m'habitue à ton absence pour me consacrer à notre sublime Anna. Elle devine tout, m'offre de tristes sourires en remerciements, m'enjoint avec fermeté de m'amuser, d'apprendre à skier… Avec qui ? L'Hercule, non, merci, je ne me vois pas culbutée dans la neige.

La neige qui nous est tombée dessus sans préavis.

Les villageois prennent garde à ne pas trop en ternir la

blancheur. Ils y parviennent assez bien, à la grande joie des touristes qui affluent. Edwin fait de la gratte : il a acquis une meute d'huskies, crinière noire, pattes et museau blancs, avec laquelle il organise des randonnées.

L'avantage, hors les rentrées d'argent, est qu'il nous arrive le soir complètement épuisé : il s'endort aussitôt qu'il a bu son café et nous avons LA PAIX !

Le chef de la meute s'est pris d'affection pour moi. Il colle son museau où j'aime que tu mettes tes lèvres, grogne comme un bébé. Edwin retient sa jalousie à sa façon : il boit de pire en pire.

Tu devrais le sermonner. Anna refuse de parlementer. Je la crois vraiment amoureuse de ses muscles, plus encore qu'elle ne les craint.

Je te raconte n'importe quoi, c'est vrai : façon d'occuper mon temps, de repousser les désirs trop encombrants.

Pourtant, la nuit, je me masturbe en ressassant le joli moment où tu m'as installée sur tes jambes en « yoga », ayant croisé les miennes autour de tes reins. Tu m'as pénétrée avec précaution. Immobile longtemps, tes yeux dans les miens, mes seins gonflés contre tes tétons durcis. Et là, dans une extase que je n'avais jamais éprouvée, j'ai joui en rejetant la tête en arrière, espérant ta morsure sur mon cou offert.

Ensuite, tu as pris ton plaisir, fougueusement, sans cesser de m'en donner.

Mon amour, tu es un amant rare, mon partenaire idéal !

Je remets toujours ma confession mais je sais ta patience. Mon rapport aux hommes a toujours été compliqué ; par ma faute, je le crains.

Allonge-toi sur le lit. Ferme les yeux. Je lape tes cuisses épaisses, à la peau si veloutée. Je remonte jusqu'à ce beau sac plein de mes espérances…

Je t'aime : ne le répète à personne !

Christiane

Il faut que je rajoute ceci : tu ne m'as jamais fait de promesses. Tu ne m'as jamais dit : « Je t'aime. » Je t'en sais gré, vraiment, profondément : s'il t'arrive un jour de me le dire, je saurai que c'est pour la vie.

Pierre à Christiane

Paris, 25 novembre 2005

Ma Cri-Cri,

(S'il y a Pierrot, Cri-Cri, il y aura !)

Je ne comprends pas ton obstination à vouloir me confier ton passé. Vis au présent. Je m'y efforce moi-même avec un relatif succès. Qu'espères-tu en vidant ta « corbeille » ? Tu en ressens vraiment la nécessité ? Je m'incline. N'espère pas la réciproque. Je suis las des introspections…

Dans les films que j'aime, dans ceux que je découvre, souvent mes erreurs passées surgissent de façon subliminale. Éclairs de tristesse. Électrochocs. Oubli au profit des autres. Y participent ces ombres qui s'agitent sur la toile blanche (plus grise que blanche d'ailleurs !) auxquelles, ensuite, je livre ma conscience sans arrière-pensée.

Le cinéma, autant que la musique, pulvérise mes remords. Exalte mes beaux sentiments. Ordonne à ma mémoire. Dans la tienne, si je ne me trompe, trop de sables mouvants. Tu risques de t'enliser. Reste en terre ferme, veux-tu ? Je n'ai pas envie de te perdre juste au moment où je suis en train de te trouver ! (J'espère que la formulation t'amusera).

Mais, encore une fois, si tu estimes que tu te le dois, ou que tu me le dois, va au bout de ta soif ! Parle. Dis. Je serai à ton écoute.

J'ai dîné hier soir chez nos amis. Arrivé de bonne heure pour voir, en apéritif, un film américain (une fois n'est pas *costume*) qu'ils visionnent en boucle. Que je ne connaissais pas : The Ghost and Mrs Muir, de Joseph Mankiewicz. Cet auteur m'intéressait sans me convaincre tout à fait. Trop de volonté didactique. Une fermeté dans la construction qui emprisonne les personnages… Là, j'ai perdu mes repères.

Bouleversé dans un premier temps par cette aventure chimérique (mes larmes ont rassuré mes hôtes quant à ma disponibilité !), j'ai cru reconnaître ce que beaucoup de personnes vivent aujourd'hui sur Internet. L'amour est-il plus fiable dans le virtuel où nous le fantasmons selon nos besoins ? L'autre, le quotidien, souvent en équilibre métastable, serait-il inévitablement soumis aux soubresauts basiques ? Inquiétude ? Doute ? Soupçon ? Même après les plus vibrants orgasmes ?

Mrs Muir aime un fantôme, capitaine au long cours, mort depuis quatre ans. Voulant garder pour elle cet amour, elle se laisse prendre aux assiduités d'un être bien vivant, séduisant, beau parleur (les phrases de celui-ci sont plus concrètes que celles, fantasmagoriques et poétiques, qu'elle prête à son interlocuteur, virtuel – j'y reviens !).

Le monsieur est marié avec enfants. Il s'invente, lui aussi, une existence parallèle qu'il sait provisoire mais dont l'expérience l'enrichira. Du moins le croit-il.

Je te donne. Tu me donnes. Cruel échange où, toujours, quelqu'un est perdant. Mrs Muir se fabrique un bonheur que la mer, lancinante, tente d'éroder sans jamais parvenir à le détruire. La mort seule… Et encore ? Là est le secret du film. Sa dialectique profonde. Où cueillir la paix de l'âme face à la mort, si nous ne la trouvons pas au fond de nous-mêmes ? Ensuite ? Le vide ou l'éblouissement ?

Il faut absolument que tu voies ce film. Je ne t'en ai pas dévoilé tous les arcanes. Je suis curieux de savoir si ton matérialisme y résistera !

Quand rentres-tu ? Tant de préparatifs nous attendent ! Je m'y perds. Tu es si rapide, si efficace… J'ai tort de m'inquiéter.

Non, ce n'est pas seulement pour la « logistique »… J'ai hâte de te prendre dans mes bras. De laisser ton souffle se répandre dans mon cou. De goûter tes lèvres…

Quoi encore ?

Nous improviserons.

Ton ami Pierrot qui abandonne sa plume…

Roger à Pierre

Le Kremlin-Bicêtre, 12 décembre 2005

Je n'ai trouvé ta lettre que la semaine dernière : « Nous avons fait un beau voyage ! » La dépression de Laurent s'accentuait. Au CHU de Bicêtre, nous sommes trop connus, les spécialistes se lassent. Le neurologue, en particulier, semblait pressé de terminer la consultation, reposant à l'envi les mêmes questions. Le visage de Laurent virait au violet. Que faire ? Sauter à la gorge de ce misérable m'aurait apaisé… J'ai abrégé lorsque j'ai deviné une homophobie qui n'osait se déclarer. Serment d'hypocrite ? En substance, son vrai diagnostic eût été « Tout homosexuel est sujet à des dépressions, c'est dans sa nature. Il faut l'accepter. Distrayez au mieux votre ami… »

Le courage m'a manqué. J'aurais dû rouler une pelle à Laurent, lui peloter les couilles, sortir sa queue et la sucer devant cet abruti. Puis lui demander si ça convenait comme « distraction » !

Nous sommes partis sans payer. Je pense que nous ne recevrons pas de facture.

Alors, Amsterdam pour commencer. Surfait : les rues chaudes, tièdes et la pluie, glaciale… La Côte d'Azur ? Temps idyllique, hôtels confortables, mais personnel obséquieux.

De toute façon, rester en place plus de quarante-huit heures lui était impossible. Il renâclait, s'enfermait dans un mutisme obstiné. Des larmes quelquefois.

J'ai pris deux billets d'avion pour La Martinique. Les premiers jours, il se murait dans sa chambre, regardait vers l'océan, la tête inclinée sur le côté droit, livide. Puis, un matin, éveillé de bonne heure, il m'a rejoint, tout excité : « As-tu pensé à emmener notre scrabble ? » Nous avons joué jusqu'au repas, concentrés comme jamais.

L'appétit lui est revenu, avec un joyeux besoin de parler : abcès crevé ! Il allait se baigner chaque matin, me reprochait ma paresse. J'étais vidé de mes ressources ; heureux tout de même.

Je ne sais qui soutient que la vieillesse est une suite de résurrections. Il a foutrement raison… Jusqu'à quand ? Ayant dit, je me sens dépité, certain de n'avoir résolu aucun de nos problèmes. Et, si je les ai détaillés pour toi, c'est que je connais ton attachement à Laurent. Pourrais-tu m'aider, sinon à les résoudre, du moins à les atténuer ? Je te demande beaucoup. Je sais ce que tu peux donner ; toujours plus. Rentré à l'appartement, il a de nouveau son œil triste, la mort dans le regard…

Aussi ne puis-je te garantir notre présence à l'inauguration du home-cinéma…

J'ai ri tout mon soûl de tes démêlés avec ton beau-frère ! Si j'osais, je te questionnerais sur ta petite enfance. Sans me prendre pour Freud (horrible bonhomme aux analyses obsolètes pour bourgeoises désœuvrées), je m'inquièterais : d'où peut naître chez toi cette terreur, stupide, du contact physique avec un autre homme ?

Petite anecdote. Dans le métier, les gens ne cessent de s'interroger sur l'homosexualité : en est-il, n'en est-il pas ? Ces supputations a priori innocentes ne relèvent pas de la seule curiosité. Se plaignant d'être sujets à des avances, ils expriment leur dégoût.

J'ai demandé, innocemment moi aussi, à l'un d'eux, plus tolérant (rien de pire !) s'il se masturbait. « Évidemment ! » fut sa réponse lapidaire, un peu nerveuse.

« Ta main, ai-je ajouté, c'est une main d'homme ou de femme ? » Après quelques secondes de réflexion, il a éclaté de rire. Nous sommes devenus très amis ; amis, pas amants ! Mais souvent il me consulte pour des riens, sur des riens…

Rubrique.

LES YEUX NOIRS est bien un chef-d'œuvre ; tu en conviendras certainement à la deuxième vision. Mais les qualités du film sont masquées par l'apparente banalité du propos.

Or, selon moi, c'est là qu'on reconnaît un grand cinéaste : détourner la mièvrerie pour en dégager la cruauté ; déniaiser le romantisme en l'exaltant jusqu'à la grandeur ; le tout avec une belle simplicité, un regard d'adulte et un peu de malice pour pimenter l'écriture. Comme chez Demy ?

Mon cher Pierre, ne penses-tu pas qu'une visite inopinée dans notre ruelle serait profitable à Laurent ? Te sens-tu de taille à balayer ses mauvaises pensées ? Ce serait miraculeux ! Mais il est de nature curieuse. Connaître Christiane, discourir avec elle, mine de rien, pour explorer ses défenses, devrait faire pencher la balance. Je le crois. À toi de jouer alors…

Quoi que tu décides, je reste ton fidèle.

Roger

Pierre à Roger

Lille, 15 décembre 2005

Quelle merveille que cette ville ! Ouverte. Agréable à visiter. Sympathique autant que ses habitants. Je n'aime pas les cités aux « charmes secrets ». Je préfère l'ostensible au feutré... C'est comme ça !

Nous avons presque fini nos repérages. Les institutions culturelles de la région sont d'un abord facile. Trois jours suffiront pour établir la logistique. Je laisserai ensuite le directeur de prod. Et le réalisateur terminer la préparation. Ils s'entendent bien. Un miracle.

Le tournage devrait commencer fin mars. Un peu tard pour la neige qu'exige le scénario. Aujourd'hui, on peut tout faire. Les nouvelles techniques ont vaincu les saisons !

Grâce à la diligence de ma secrétaire, ton courrier m'a suivi jusqu'ici. Entre rires et larmes, je ne sais quoi invoquer… Ta nature pessimiste ou ta juste inquiétude ?

Naturellement, je ne doute pas de la loyauté de Laurent envers toi. Cependant le grand âge a ses faiblesses. Il rend quelquefois, je ne dirais pas sournois, mais versatile. Laurent a peut-être besoin d'éprouver tes sentiments. Ta fidélité. De provoquer des conflits larvés pour mesurer ton impatience…

Oui, il craint de t'encombrer. J'en suis à peu près certain. Alors, il joue ce jeu que tu ne dois pas rendre dangereux en « l'épousant ». Garde tes distances. Alterne humour et tendresse…

Mon Dieu, qu'il est difficile de conseiller un ami ! Je fais court. Trop « busy »… Sois certain que je ne vous oublie pas, tu en auras la preuve très vite. Et NOTRE fête sera épatante ! Embrasse Laurent.

Pierre

Pierre à Christiane

Lille, 15 décembre 2005

Jolie Cri-Cri,

Je t'ai parlé des embarras de Roger et Laurent. Des tempêtes qui ébranlent leur toit… Roger m'a supplié (j'exagère à peine) de l'aider. Mais à quoi et comment ? Ne pourrais-tu faire un saut chez eux ? Un coucou en passant. Laurent apprécie beaucoup ta beauté. Et surtout (!!!) ton bon sens. Sois innocente. Légère. Séduisante. Tu le convaincras.

Mes affaires se portent au mieux. Je serais bien hypocrite si j'affirmais que tu me manques. Mon séjour dans cette ville est trop bref pour que je puisse t'y aimer convenablement. De loin, tu restes ma prisonnière.

Les clés de ta cellule bien en évidence sur la porte. Fais la « belle » quand tu en as envie.

Anna m'écrit des lettres alarmantes. Côté Edwin, pas terrible ! Il est accro à la bière, « souvent violent et stupidement injuste » (Je cite). Côté Maurice, un ange… Exagération de part et d'autre ?

Pas évident à conclure d'aussi loin. Dans le tourbillon que je vis actuellement. Je l'ai cherché ? Oui. Bon. Tu as raison !

J'espère en ta lucidité.

Plein de baisers à répartir selon ton humeur et tes caprices.

Un Pierrot sans sa Colombine.

Je rentre après-demain. Chiche qu'on se voit aussitôt ! Il y a comme une bébête qui me démange. Toi seule pourrais lui offrir ce qu'elle s'entête à exiger. Tu te rappelles, j'espère, combien elle est nerveuse quand tu ne t'occupes pas d'elle ?

Christiane à Pierre

Paris, 20 décembre 2005

Mon Pierrot, insolent et prétentieux

J'ai tout mangé le chocolat
J'ai tout fumé les Craven A
Je fais rien que des bêtises
Quand tu n'es pas là…

Roger m'attendait devant l'hôpital de Bicêtre vers seize heures. J'ai garé ma voiture. Nous avons rejoint en silence le 33 de la rue Danton. La ruelle est mignonne, tu ne m'as pas menti. Repeinte à neuf, joliment fleurie. Il me semble l'avoir vue dans un film mais c'est peu probable. Qui aurait eu envie de tourner là ? C'est une impasse…

Nous nous sommes tus : je devinais que Roger ne voulait pas me chapitrer. De plus, son air sombre prouvait combien tout à coup il craignait ma démarche.

Laurent ? Coquetterie raffinée : costume gris perle ; lavallière et pochette bleu ciel, référence à ses yeux larmoyants qui contrastaient avec le sourire de bienvenue.

Une tasse de thé naturellement, des tranches de pain d'épice au gingembre, puis les banalités…

Et la mission ? Comment aborder le sujet ? Je me sentais nerveuse. Le gingembre ? Alors j'ai tout déballé sans reprendre mon souffle. Tout !

Qu'il n'était qu'un égoïste inconscient, qu'il culpabilisait Roger, qu'il ne méritait pas d'être aimé par lui, que l'âge n'excusait rien ; que le chantage au sentiment était vulgaire, etc. etc.

Enfin, je l'ai sommé de stopper les tergiversations et d'accompagner Roger à notre petite fête. Oui, j'ai minimisé avec

« petite ». Ne me demande surtout pas pourquoi ou je hurle !

Laurent avait gardé les yeux baissés. Aucune crispation sur son visage, même pas un froncement de sourcils. Il s'est levé, m'a priée poliment de prendre la porte.

Je lui ai dit que je n'en ferais rien tant qu'il ne se serait pas expliqué en homme responsable !

Calée dans mon fauteuil, l'œil impassible, j'évitais le regard de Roger que je sentais suppliant.

Laurent, toujours calme, a bu une gorgée avant de me jeter le restant à la figure. Le silence qui a suivi n'était pas de Mozart, tu peux me croire…

M'excuser, il n'en était pas question. Partir, oui, ça, je devais le faire. Mes muscles étaient tétanisés. J'attendais je ne sais quoi, ridicule au plus haut point.

Laurent, alors, a esquissé un salut avant de regagner sa chambre. Roger m'a tendu la main. Il a murmuré « je le savais ». Je me suis retrouvée dans la ruelle, au milieu des treilles, avec la certitude que j'avais eu un cauchemar, et que j'allais vite me réveiller auprès de Minerve…

Oh ! Tu peux rire ! J'aurais ri moi-même si j'avais eu davantage de maîtrise. Mais patatras ! Piégée dans ma propre souricière. Tu as gagné ! Ils ne viendront pas. Est-ce vraiment important ? Sans doute pour toi. Je peux comprendre. Ce sont des gens formidables : dignité, éducation (mais oui !), respect de soi-même et… vivacité dans la riposte !!!

Je les aime.

Quoi à présent ? Je ne vais tout de même pas écrire à Laurent ou à Roger. J'ai assez fait de dégâts, il me semble… La décision t'appartient. Engueule-moi si je le mérite. Je suis toujours heureuse quand tu me fais des reproches. Et, par pitié, ne me traite pas de maso, sinon, je t'en refile une !

Chri-Cri

Pierre à Christiane

Paris, 23 décembre 2005

Tout faux, ma douce !

Tu trouveras, ci-joint (tu vois, je m'entraîne aux formules administratives !), la lettre que Roger vient de me déposer.

« J'ai tout mangé le chocolat... » J'adore cette chanson de Sabine Haudepin. Elle dit avec une justesse élégante ce que les femmes pensent tout... haut !

Eh bien, oui, j'ai ri. De t'imaginer parfumée de thé, environnée de fleurs, dans cette ruelle un peu magique... Tu devais avoir l'air de la fée Clochette ! J'ai ri jusqu'à en oublier mes rendez-vous du matin. Bah ! Les fêtes approchent. Sursis pour les travaux en cours. Quelques jours de délassement viendront compenser les heures de concentration.

Je vis un rêve. Tant de gens m'avaient prévenu contre « ce métier ». Sa cruauté. La bêtise courante. L'orgueil agressif... Et je ne rencontre que gentillesse, humour, mains tendues. « Pourvu que ça dure » s'inquiétait la Mamma du grand Corse.

Tes remarques sur mes projets (par écrit, cette fois) ont boosté les réalisateurs qui se sont aussitôt remis au travail. Alors, un genou à terre, en preux et honorable chevalier, je te pose la question. Puisque tu te lasses de tes « postulants aux diplômes », accepterais-tu d'intégrer ma société en qualité de lectrice ?

Après cinq années sans nuage (J'adore ce cliché tombé du ciel), il serait peut-être temps d'abandonner nos « apartés ». De lâcher un des deux appartements... Vivre totalement l'un près de l'autre... Qu'en dis-tu ? Tu n'es pas obligée de répondre dans la seconde. Je te sais réfléchie, prudente aussi. As you like, dirait Roger...

Tout à coup, je réalise mon erreur. Je me suis trompé de Sabine ! C'est Paturel et non Haudepin qui poussait cette chansonnette ! D'ailleurs, je m'étonne que personne n'ait eu l'idée d'exploiter au cinéma ce personnage « casse-assiettes », petite peste moderne, un peu à la Darrieux de QUELLE DRÔLE DE GOSSE ou de BATTEMENT DE CŒUR...

Si la jolie Sabine Haudepin a fait une gentille carrière, la Paturel s'est vu cantonner dans de petits rôles peu valorisants. Elle mérite mieux. Aussi bien dans la chanson que dans le cinéma. Faudra y réfléchir... Des enfants ? Bof ! Je te bise. Lis attentivement la « pièce jointe ».

Tu comprendras le « Tout faux » de mon début.

Pierrot (angulaire)

Roger à Pierre

Le Kremlin-Bicêtre, 22 décembre 2005

Je n'ose écrire à Christiane. Aussi est-ce par ton intermédiaire que je vais m'adresser à elle…

Après son départ, ridicule que je suis, j'ai versé des larmes méchantes. Impossible de déceler à cause de qui je pleurais et au nom de quoi. Je pleurais lamentablement. J'ai terminé le pain d'épices et bu le restant du thé. Me suis assoupi sur le canapé. Quelques heures de dérive m'ont fait traverser un vaste domaine composite : tous les lieux que j'ai habités.

Quand Laurent m'a sorti de ce cauchemar – mes enfances et mes terreurs – je l'ai aperçu dans le contre-jour des fenêtres. Ma peur a décuplé. Je me hâtai d'éclairer. Il était là, apaisé, souriant. « J'ai très faim. Je suppose que rien n'est prêt. Habille-toi convenablement, je t'emmène au Chinois. J'ai envie de vapeur. »

Il a toujours le chic pour les sens cachés.

Le Chinois de l'avenue de Fontainebleau, dont tu connais la splendeur, était presque vide. Nous fûmes reçus par le patron avec les courbettes rituelles réservées aux habitués.

Laurent a dévoré une demi-douzaine de plats, à la vapeur donc, sans me regarder une seule fois. Était-il en colère ? « Non pourquoi ? » Relevant enfin son visage, il ajouta : « Faut qu'on se parle, mais d'abord le gingembre confit ! »

Il n'osait préciser : « Il faut que je TE parle ! » Je l'ai écouté une grande partie de la nuit. Mais j'aurais pu ignorer ses phrases, ne pas être là même. Son monologue, il se le réservait ; logorrhée, vivacité et besoin de convaincre, finalement comme pour une cruciale confession.

Laurent est né à Dien Bien Phu (!!!) en 1927. D'un père français, prénommé Anastase et d'une mère métisse, Marie-

Louise. Tous deux ouvriers-paysans : elle dans une rizière ; lui, en saigneur d'hévéa. On dit saigneur car l'homme incise l'écorce pour en recueillir la sève qui deviendra caoutchouc.

Je (te) lui passe la (sa) parole…

« Je n'aimais pas mon père. Je le trouvais farci de hargne, arriviste et avaricieux. »

Marie-Louise est morte d'épuisement fin 1929, en plein krach boursier. N'ayant plus de compte à lui rendre, Anastase choisit le risque : il investit toutes ses économies dans l'industrie forestière.

« Quatre ans plus tard, j'étais un enfant de riche, habillé comme un enfant de riche, raillé par mes camarades, assiégé par la honte. Heureusement la guerre menaçait. En 1938, mon père vendit ses domaines, partit pour la France avec une fortune hénaurme… »

Laurent rêvassa quelques secondes, poursuivit, lâchant ses mots en mitraille, que je te retranscris, scrupuleusement, j'espère !

« Il m'avait inscrit chez les Maristes. Je m'y ennuyais consciencieusement. En 1942, j'appris sa mort au champ d'honneur. On me signifia le montant de mon héritage. Pour fêter cette circonstance, mon tuteur me fit boire et me viola. À 15 ans, que savais-je du sexe ? Ce que mes voisins de lit murmuraient dans le noir. Crie au scandale si tu y tiens ! Moi, je pense qu'il m'a rendu service. Te dire s'il était beau, j'en suis bien incapable, ma mémoire est floue et ma vue était déjà déficiente à l'époque. Mais il *prélim(in)ait* agréablement. C'est sans doute pourquoi j'ai cédé sans rien comprendre à ce qui allait m'arriver. J'ai juste eu un peu mal au cul. Trop de précipitation : son désir était violent ; il se savait coupable. »

Fini, le pensionnat. Fini, Paris. Une villa sur la Côte d'Azur, aux environs du Trayas, en bord de mer… Et les fêtes. Partout : Nice, Cannes, Saint-Tropez surtout où les rencontres étaient plus faciles, quelquefois surprenantes !

À 25 ans, intégré à la gentry de la Côte d'Azur, à la fois pour son argent et pour sa vivacité d'esprit, il couchait avec qui se présentait, sans distinction de sexe.

Huit années de débauche. Puis cet accident de voiture où il perdit la vue pour de bon…. Et la boisson pour compenser.

Le mentor « initiatique », lui, n'avait pas perdu la vue. Il tenta de l'impliquer dans des opérations frauduleuses dans l'espoir de lui piquer sa fortune. Par chance pour Laurent, sa maîtresse, épouse d'un haut fonctionnaire, le tira des griffes de ce carotteur.

Bien plus âgée que lui, elle le traitait comme son enfant. C'est ainsi qu'elle le persuada de consulter un ophtalmologue… mon père !

Je n'ai plus aucune relation avec ma famille. Mon coming-out a fait le vide. Je ne regrette rien. Laurent était tout pour moi. C'est à cette époque qu'il fit, contre quelques pauvres milliers de Francs, l'acquisition de l'appartement où nous vivons.

Mais quel travail il a fallu pour le libérer de l'alcool ! Il cachait ses bouteilles dans les endroits les plus insoupçonnables. Tu connais ce genre de comportement.

Aujourd'hui, guéri de l'alcoolisme et de la cécité, il navigue entre exaltation et abattement, insatisfait des images que lui renvoie sa mémoire ; éprouvant à son endroit un mépris itératif qu'il reporte quelquefois sur les autres. Mépris dont j'ai à souffrir. Il était nécessaire que je te présente le personnage et son parcours : tu le cerneras mieux ainsi.

Le lendemain de « l'incident », après cette nuit introspective, il s'est réveillé à l'heure du thé, surpris de se sentir guilleret et… affamé. Je m'approche de lui pour l'embrasser, il stoppe mon geste… « Elle me plaît, cette petite, elle a du caractère ! Qu'est-ce qu'elle m'a balancé à travers la gueule !!!

Il y a longtemps que tu aurais dû t'en charger, mon cher Roger, tu es trop pusillanime avec moi ! Nous irons à cette satanée fête, rien que pour voir qui, d'elle ou de moi, s'excusera en premier... »

Il éclate de rire. Je n'ai plus rien à ajouter.

Sinon ceci : dites-moi simplement ce que vous souhaiteriez comme cadeaux. Laurent déteste arriver les mains vides... Pour toi, Pierre, j'ai mon idée. Mais pour Christiane...

Roger.

Christiane à Roger

Paris, 25 décembre 2005

Mon cher Roger,

Pompeux, l'en-tête, non ? Et pourtant, le cœur y est. Alors, le seul cadeau que j'accepterai, avec joie, sera votre présence à tous deux. Le précédent, votre lettre à Pierre, m'avait bouleversée. N'en rajoutons pas !

Nous sommes des cours d'eau parcourant la même campagne avec des bonheurs divers, recevant des informations sonores que nous communique une brise capricieuse.

Au fil des années, nous nous faisons les uns des autres une idée vague : profil des berges, profondeur des lits, vitesse des courants.

Des canaux nous relient parfois, stimulant l'amitié. Mais, quand le hasard crée les confluents, les eaux s'emmêlent. Elles ne se reconnaissent plus. (J'espère que ce bazar de métaphores vous amusera).

Je ne voulais pas contrarier Pierre et, d'un autre côté, venir à vos devants me paraissait absurde. C'est donc le cœur mauvais, l'esprit incertain, que j'ai débarqué à Bicêtre (C'est bien ainsi que vous aimez nommer votre banlieue ?).

Et j'ai pris la tasse…

Il faut en rire.

Je vous admire, non pas d'être aux ordres de Laurent (ne protestez pas, vous me décevriez) mais de rester ferme et droit en période de turbulence.

Je serais fière de devenir votre amie.

Christiane

P.S. « Noyeux Joël » pour vous deux !

Christiane à Pierre

Paris, rue du Château, 26 décembre 2005

Pierrot,

J'ai peu de temps. Je compte rappliquer après-demain si tu veux bien nous accepter, moi, Minerve et mon stock de fanfreluches qui serviraient à égayer ton living. Si tu ne souhaites pas de d'inflation dans ton décor, utilise le téléphone pour une fois et stoppe mes élans. J'espère avoir découragé Roger, et Laurent par la même occasion, d'apporter des présents. Les Rois Mages étaient trois, tu n'es pas le petit Jésus et je ne suis plus la Sainte Vierge !

Foin des coutumes bourgeoises. Une vraie fête se passe de rituel ; elle doit, chaque fois, se réinventer un programme au gré des participants, en pleine improvisation…

Tu es perspicace. Tu imagines ma joie au seuil des retrouvailles avec Laurent après « l'incident »… Et si je l'arrosais de champagne ?

Mon doux, mon tendre, je vais te peiner : renonce à cette idée de travail en commun, préjudiciable à un quotidien serein. Et n'espère pas que je vende le domaine de Minerve ! Pas davantage, n'abandonne ton nid joli, oiseau de mon cœur !

Si tu ne veux pas d'enfants, c'est que tu te préserves. Je dois aussi me préserver.

Ce n'est pas de toi que j'ai peur, c'est de moi.

J'ai hâte de reposer ma tête sur ta poitrine ; hâte de dessiner tes lèvres avec mes doigts ; hâte de siester sur ton canapé, d'enregistrer dans le flou tes allées et venues ; hâte de t'aimer au plus près.

Cri-Cri (Ça, faut que je m'y fasse !!!)

Pierre à Christiane

Paris, 27 décembre 2005

Fanfreluche tant que tu voudras, mon petit !

Tu m'as peiné. Effectivement. Comprends pas bien le « préjudiciable à un quotidien serein ». Si tu n'as peur que de toi, j'en voudrais connaître la raison.

Je n'insisterai pas. Au moins, explique-toi. J'arrive à cette conclusion : de lettre en lettre, tu repousses l'évocation de ton passé. Tu ne te résous jamais à en parler clairement. C'est de là que viendraient tes problèmes ?

Mon refus d'avoir des enfants… Je ne cherche pas à me préserver. À les préserver, eux, plutôt. Quarante années de différence ! Comment pourrais-je les comprendre ? Et quels jugements porteraient-ils sur moi à l'âge où ils quitteraient le fallacieux paradis de l'enfance ?

Regarde autour de toi. Les mômes, aujourd'hui, merci Dolto, sont des rois. Tout leur est dû. Je ne m'adapterais jamais à ce genre de diktats.

Et puis l'idée de me reproduire me fait « Freud » dans le dos ! Je ne suis pas une ronéo… Oui, évidemment, il y les câlins des petites menottes, l'admiration béate devant les premiers « Arreu »… « Elle a dit Papa. Il a susurré Maman. Il a fait son petit rot. Elle marche. Ils sourient… »

Devenir bécasse n'est pas dégradant. Mais les enfants, c'est bien pour les bourgeois confirmés. Parfait pour les prolétaires ambitieux… Pas pour les « artistes-artisans ». Tel est mon sentiment.

Une question encore. La dernière. Tu désires des enfants ou tu veux un enfant de moi ? Joker autorisé.

Bisouilles là où tu aimes.

Pierrot

108

Je relis. Mes arguments en défaveur d'une progéniture, tu les avais avancés toi-même suite aux injonctions d'Anna (Anna, dont je n'ai plus la moindre nouvelle. En as-tu, toi ?). Je me fais du souci. Pas trop quand même. Parce que je me suis attaché à ce morpion de Maurice ! Et me voici en pleine contradiction ! Je te propose de ne plus me parler de tout ça. Ok ?

Anna à Christiane

Grandes Piles, 27 décembre 2005

Ma Christiane, généreuse et fofolle,

Ainsi tu as décidé de « parler », d'aller au supplice, bourgeoise de Calais, espérant quoi ? Te faire mettre la corde au cou ? Et le mariage… Et les enfants…

Je te connais si bien. Nul besoin de te raconter. Tu veux éprouver l'amour que Pierre a pour toi. Quitte ou double ? Quand vous étiez ici tous les deux, je vous observais encore comme au premier soir de votre rencontre : quel couple ! (Non, je ne comparais pas avec le nôtre. Edwin et moi sommes si ordinaires face à vous, routiniers, popotes !)

Détruire, dit-elle ?

Quand tu t'étais confiée à moi au début de notre amitié, j'avais pensé que c'était bien : ce venin qui t'encombrait la gorge, tu l'avais recraché, je l'ai cru et j'en étais heureuse.

Badaboum ! Voilà que ça te reprend…

Je t'aime comme une sœur, ne l'oublie pas. Renonce, il est temps encore, comme on dit je ne sais plus où… Pierre est assez costaud, c'est ce que tu penses. Mais c'est aussi un lent : ses réactions se font toujours attendre.

Va vers lui, cajole-le. Redonne-lui confiance, ce ne sera pas commode. Le cinéma est sa raison de vivre. Par là, tu peux le récupérer au cas où…

Bon Dieu, je n'avais pas pleuré depuis si longtemps !
Que le Grand Schtroumpf te vienne en aide !

Anna

Christiane à Pierre

Paris, 30 décembre 2005

Pierrot,

Pas de joker : j'aurais voulu un, deux, trois, quatre enfants de toi. Mais, c'est promis, « botus » et mouche cousue ! Oui, j'ai des nouvelles d'Anna. Rien à signaler… Pour le reste… Tant pis pour toi. Tu l'as voulu ! Et je m'y colle.

À l'âge où j'aurais pu jouer dans les beaux jardins de la Croisette auxquels tu faisais allusion il y a cinq ans, j'ai été agressée par un passant au coin d'une rue. Il ne s'est rien passé. Mes hurlements à la seule vue de son sexe en érection ont alerté les promeneurs. J'ai menti, affirmé que je m'étais tordu la cheville, que j'avais très mal, que personne ne devait se faire de souci : le gentil monsieur s'occuperait de moi… La tête du bonhomme !!! Pâle, pas embarrassé le moins du monde, il acquiesçait, haussant son col comme un héron.

Ma mère a abandonné mon père pour un documentariste rencontré pendant un Festival. Cela pourrait expliquer mes réticences envers le cinéma… Ma présence gênait Papa : il ne pouvait recevoir de maîtresses. Aussi, dans son esprit, étais-je seule responsable de ses frustrations. Je n'ai jamais cherché à l'en dissuader.

Malgré moi, s'est forgée une volonté de vengeance, innocente pendant l'enfance, prudente après la puberté, féroce enfin ; stupide après introspection mais…

Un jour, décidée à mener ma vie « propre », j'ai, si l'on peut dire, rendu sa liberté à mon père contre un appartement à Paris. Il était très riche, déjà ça ! Cet appartement rue du Château, je l'occupe encore.

Je me suis alors jetée dans les études avec une furia qui

n'avait rien de naturel. Je désirais la connaissance pour décourager les péquenauds qui n'en voulaient qu'à mon corps. Oui, j'étais très belle, belle et aguicheuse…

Ma tyrannie s'exerçait chaque jour davantage.

Vite lassée de leurs supplications, de leurs mines volontairement déconfites (cliché, mais j'adore), par ruse trop souvent, j'ai attendu d'affûter ma stratégie.

Auparavant, il me fallait me défaire de cette encombrante virginité, connaître in vivo le fonctionnement de ces bestioles que j'allais persécuter.

Hugues était professeur de neurologie à la Fac : homme discret, célibataire, courtois, consciencieux et disponible ! Anna l'idolâtrait. Je faisais la moue, détaillais ses défauts tant au physique qu'au mental… Je ne voulais pas mettre ta sœur dans la confidence ! Hugues, tu l'auras intuité, est ce neurologue complice qui m'a fourni de bons arguments pour mon année sabbatique. Une véritable forteresse, ce mec ! Jusque-là, j'étais sadique, dans les limites de la bienséance… Je devins machiavélique. Les yeux baissés, rougissante, le regard suppliant, j'ai sollicité et obtenu des consultations particulières. Chou blanc !

Il ne me regardait même pas… Quelle carte aurais-tu jouée, toi, le séducteur ? Eh bien, moi, j'ai opté pour le « tapis »… La vérité sortant du puits de science que je n'étais pas encore !

« Je ne désire pas être initiée par un de ces godelureaux qui irait ensuite s'en flatter. C'est vous que j'ai choisi. » Je me préparais à des réprimandes vaguement paternelles. Il n'a même pas souri. « Êtes-vous libre samedi soir ? » La panique ! Rien avalé de la journée, à part un demi-Chambertin. Habillée sobre, sans maquillage, j'ai sonné à sa porte avec un petit quart d'heure de retard prémédité.

Dès l'entrée, j'enregistrai tout : l'élégance, la simplicité, une décoration de goût mais pas tapageuse, de simples effets de lumière pour mettre en valeur l'ordonnancement du salon ; une grande et belle table dressée, et, comme je me l'étais imaginé, le canapé profond. Je m'y installai vivement.

Il me tendit la main, me fit asseoir sur une chaise près de lui. « Mon petit, il ne faut pas envisager une pareille démarche sur un coup de tête. Aussi allons-nous dîner comme deux amis qui ont en commun la passion de la science puis nous irons tranquillement au dodo sans arrière-pensée. Ensuite, tout dépendra de vous. Et s'il ne se passe rien, c'est que vous aurez réfléchi. »

J'ai encore bu. Beaucoup. Trop. Je me suis endormie sitôt qu'il m'a déposée sur le lit, glissée dans les draps après m'avoir déshabillée. J'avais tout de même conscience de la douceur de ses mains. Au petit matin, je suis allée vers lui.

Ses prévenances, son art de la caresse, ses baisers légers sans précipitation auraient dû me guérir, détruire mes pensées vindicatives… Il faut croire que cela n'a pas suffi.

Pendant le petit déjeuner, il m'a sermonnée. « Ce que nous venons de faire ne se reproduira pas. Vous êtes une jeune femme délicieuse, instinctivement douée, et vous devez prétendre à mieux qu'un homme flirtant avec la vieillesse. J'avoue que je souhaiterais demeurer votre ami, en secret. Si cette relation ne vous convient pas, sachez que ma personne vous est dévouée. Plus de sexe entre nous… Mais j'espère vous avoir donné le goût de poursuivre ! »

J'ai bien failli me répandre, pleurer comme l'enfant que j'étais encore dans cette part de moi-même qu'il venait d'éveiller. Les démons persistaient. J'ai résisté. Même quand il m'a baisé la main en gentilhomme, massant délicatement ma paume de ses doigts.

M'en suis allée avec cette pensée vulgaire : « Voilà, ça, c'est fait ! » Je ne m'en vante pas !

Il y avait aussi Jeannot, l'avocat, celui qui m'a prêté sa maison à Ouessant. Celui-là était sanguin, expéditif de réputation…

Je pensais qu'il ferait un excellent second. Je l'ai baladé quelque temps, sans promesse, avec des regards significatifs.

Un soir, au cours d'une réception huppée, il me collait de si près que je l'ai emmené aux Toilettes.

Il a descendu les bretelles de ma robe, gobé mes seins l'un après l'autre, goulûment. Je voyais se gonfler les veines de son front. J'ai baissé son zip, sorti son sexe. Il a joui dans ma main, presque instantanément.

Nous n'avons jamais fait l'amour. Jamais !

Mon absence de pudeur, ma liberté de comportement l'ont amusé. C'est ailleurs qu'il allait se satisfaire. Mais il devint mon conseiller, sachant tout de ma « politique ».

Mes études n'étaient nullement handicapées par mes fantaisies. À 25 ans, j'étais agrégée. J'obtins un poste à la Fac de Jussieu où je retrouvai provisoirement Anna. Notre amitié était vivace mais ne consistait qu'en sorties, dîners, cinéma parfois ; jamais la moindre confidence.

Ainsi préparai-je le terrain pour mes nouvelles aventures.

Jeannot engagea un assistant, que nous choisîmes ensemble. Ce fut Stefan, Juif polonais. Très bel homme, sûr de lui. Il trouva naturel de me plaire. Il était recherché, flatté, encouragé par une société de femmes prêtes à toutes les ruses pour le réquisitionner.

Mon père était mort l'année précédente au cours d'un safari en Afrique. Jeannot fit de moi son héritière. Stefan fut immédiatement d'accord pour m'épouser. Appât du gain ou désir de ma personne ? Je ne l'ai pas su à ce moment-là.

Le Tout-Paris, stars, mannequins, clientèle de mon faux papa, s'exhibait dans la belle église de la Madeleine. Journalistes, photographes… Le tralala, mon cher, le grand tralala qui flattait la vanité de mon mari, confortant mon plan de bataille. Vêtue de blanc, entourée, félicitée, je venais de déclarer la guerre au genre masculin, décidée à rester « libre », mon credo !

Le soir des noces, je m'enfermai dans ma chambre. Il manœuvra deux ou trois fois la poignée, se découragea. Ce cérémonial se prolongea toute la semaine sans qu'une seule fois, il y fît allusion.

Je compris qu'il m'aimait.

J'aurais pu, à la longue, utiliser ce sentiment pour lui éviter de se perdre…

Prostituées, alcool, moments de dépression, promenades nocturnes en voiture… J'aurais même dû le prendre par la main, le tirer de ce gouffre où il glissait, impuissant à caractériser mon attitude ; trop bien élevé pour m'en demander la raison.

J'aurais peut-être dû enfin, au moins une nuit, laisser ma porte ouverte.

Au contraire, je l'humiliai par des rebuffades ou des moqueries, quelquefois publiques ; je l'enfonçai plus avant dans ses défaillances. Il s'éloigna de moi. C'était trop. Je ne voulais pas perdre ma proie.

Je décidai de donner des soirées que je présidais dans des toilettes aguichantes, décolletées jusqu'à la provocation. On me prêta d'innombrables amants. Mes réponses évasives authentifièrent mes infidélités. Alors que…

Stefan revint, se fit brutal, força ma porte. Ayant deviné qu'il agirait ainsi, j'attendais, nue, dans la salle de bains. Il entra. Sa fureur retomba aussitôt. Assis sur un tabouret, il se montra conciliant, courtois, voulut savoir.

Savoir quoi ? Le nombre de mes amants ? Les raisons qui me poussaient à lui interdire mon lit ? Je ne répondis pas, me massai délicatement les seins avec une crème de beauté. À plusieurs reprises, je fus tentée de me poser sur ses genoux, de me faire pardonner, de me donner à lui sur le carrelage…

Il était si beau dans sa détresse.

Mais les démons persistaient.

Je lui demandai clairement : « Savoir quoi ? » Ses yeux restaient fixés sur mon corps. Sa bouche, muette, se contractait comme s'il allait pleurer. J'ai jugé que c'était le moment.

Je suis venue près de lui. J'ai pris son menton dans mes mains. Avec une tendresse paradoxale, sincère dans l'instant, j'ai craché le morceau… « Tu paies pour les autres. Tu paies pour tous les fats qui se croient les maîtres du monde. Je te voulais à ma merci pour venger les femmes battues, dédaignées, ou violées. »

J'espérais qu'il me frapperait, qu'il me prendrait là, sans ménagement. Je crois que j'aurais apprécié. Au lieu de cela, il s'est dégagé, a essuyé ses larmes, quitté les lieux. Le lendemain, j'appris son suicide.

Dans la nuit, je m'étais promis de cesser ce jeu absurde, persuadée que j'avais fini par l'aimer autant qu'il m'aimait… Mais, cette fois encore, au lieu d'endosser la responsabilité, je le taxai de lâcheté au nom de tous les hommes.

Veuve et riche, je pouvais avoir n'importe lequel de ces « misérables ». M'amuser de lui, le voir la bave aux lèvres comme un animal en rut ; dominer, exiger, humilier encore. Je n'aimai personne, ne cédai à aucun. Plaisir malsain ?

Les femmes sont cruelles, Pierre. Lorsqu'elles ont décidé de l'être, elles le sont avec une science méticuleuse, un acharnement d'impératrice.

Anna me regardait agir, écœurée sans doute mais admirative. Une seule fois, elle m'a retenue chez elle, m'a fait un sermon amical, m'a prédit le pire, à savoir qu'il existait sûrement quelque part dans le monde un homme inflexible et droit, qui me ferait payer mes abus de pouvoir. Faisait-elle allusion à toi ?

De mon côté, insensible à cette menace, je ne pensais qu'au « suivant de ces messieurs » ! J'allais de « château-fort » en « château-fort », pulvériser les pont-levis, investir les échauguettes, précipiter les châtelains dans les douves, ou dans les oubliettes…

Et, ce 31 décembre 1999, chez Anna, lorsque tu m'es apparu, je n'ai vu en toi que celui qui couronnerait ma carrière de prédatrice. Tu étais beau, de loin le plus beau de tous, le plus à l'aise, le plus intelligent ; et tendres étaient tes regards lorsqu'ils se portaient vers moi.

Face aux Dieux, il faut rester humble. Je n'ai donc joué d'aucun de mes artifices coutumiers : je suis restée moi-même, dans une indifférence amusée.

Certaine que tu « mordrais à l'hameçon », j'ai attendu. Pas bien longtemps, comme nous savons.

J'en arrive à la fin de ma confession qui peut me valoir le châtiment suprême : la relégation. Je l'accepterais sans rechigner. Moi qui me croyais incapable d'aimer, car c'était là mon vrai problème, je connais à présent le supplice de l'espoir, l'horreur du silence, les tourments du doute.

Je ne suis plus qu'une prisonnière, la tienne, attendant procès et verdict. Sereinement. Accorde-moi d'être encore demain soir, à tes côtés, la maîtresse de maison qui reçoit tes amis.

Ta Cri-Cri, ou simplement, Christiane.

Pour être tout à fait sincère, la vision de ce sexe d'homme en pleine rue ne m'avait aucunement rebutée. Ce n'était pas la chose en elle-même qui avait déclenché ma hargne mais l'impudeur volontaire, malsaine, de cet individu. Et ensuite, les manigances de mon père ont achevé de m'aliéner les hommes.

Il est évident que cette confession peut me rendre haïssable mais je te la devais puisque je te dois tout : et, singulièrement, de me mépriser moi-même en revisitant ces horribles moments de ma vie.

Pierre à Christiane

Paris, 30 décembre

Cri-cri,

Tu es la bienvenue. Mais j'avoue ma surprise que tu aies choisi un tel moment pour cette « mise à plat » qui pouvait attendre.

Que de flagellations pour un passé si lointain !

Pierrot ou Pierre ?

Pierre à Roger

Paris, 30 décembre

Un service urgent, je te prie ! Je vais commettre un abominable délit en joignant à ce courrier, en photocopie, la dernière lettre de Christiane.

Je suis paumé !

Indigné jusque dans l'indulgence qui m'est naturelle.

Comprendre est mon seul désir. Je suis assuré de ta perspicacité. Comme de ta discrétion.

Ne m'épargne pas. C'est l'ami qui te le demande.

Pierre

Roger à Pierre

Le Kremlin-Bicêtre, 31 décembre, neuf heures

Imprudent ami,

Non, ces choses-là ne se font pas mais je suis touché de ta confiance, sans être persuadé d'être le bon interlocuteur.

Un coursier (très mignon) déposera ma réponse à ton bureau où tu es en train de travailler, l'œil un peu distrait. En même temps, ce livre que tu ne connais, à l'évidence, pas : LES PLÉIADES de Gobineau dans la collection Folio.

Parcours rapidement le chapitre VIII du livre II, page 216 à 226. Tu y découvriras le portrait que Christiane te propose d'elle-même… Est-ce une coïncidence ? S'est-elle au contraire mis en tête de jouer à ton intention la Comtesse Sophie ? Je ne connais vraiment les femmes qu'à travers les romans. Tout est possible si j'en crois ces exemples. Mais, selon moi, dans l'alternative, je te conseille de ne pas choisir. Moque-toi : RIS ! L'histoire ne mérite que cela.

Une chose est quasi certaine : quel que soit son passé, Christiane t'aime comme une adolescente qui s'ouvre à l'amour. C'est merveilleux.

Punis-la si ça t'amuse. Punis l'enfant gâtée qu'elle n'a cessé d'être mais aime la femme. Vous formez idéalement « le » couple, verticalement et, il me plaît de le croire, horizontalement !

Nous nous réjouissons, Laurent et moi, du moment à venir. Pas de cadeau mais une surprise. Laquelle ? Ça ne se dit pas !

Ton Roger, hilare again.

Laurent n'est au courant de rien.

TROISIÈME PARTIE

Christiane à Pierre

Paris, rue du Château, 1er janvier 2006,

Mon doux, mon tendre, mon merveilleux amour,

Tu dormais encore quand je suis partie, presque folle. Cette soirée m'a bouleversée en profondeur, mélangeant les temps : un fantôme de berceau où se penchent des visages adultes ; de l'enfance à foison, les rires inutiles ; des segments d'adolescence : les silences étonnés de la découverte. Le bonheur émerveillé, couvé par une complicité spontanée. Et des mots… Et des images…

Ne sois pas déçu si je te dis ne rien me rappeler du film que Roger nous a projeté. Mes images à moi, c'étaient celles que renvoyaient vos yeux avec leurs enchantements. Emportés par le même courant, noyés dans la même passion, vous incarniez le désir. Le désir tout court. De quoi ? De qui ? Le désir.

Tous les désirs ramassés en un seul élan qui traversaient mon corps. Vivre l'instant. Croire en Dieu peut-être. La joie. Je ne savais plus comment la vivre. Joyeuse sans raison. Oui, sans raison. Elle m'avait lâchée, la raison. Ils m'avaient larguée, le raisonnement, la pensée contrôlée, la logique, l'auto-défense.

Que c'était rassurant de me trouver dans votre navire sur une mer calme avec, pour seules lumières, vos yeux fascinés ; et le noir en frontière qui nous rapprochait les uns des autres !

Roger et Laurent nous ont laissés tôt, par discrétion. Je crois qu'ils auraient souhaité poursuivre jusqu'au matin. Tu as refermé la porte à clé. Tu m'as prise dans tes bras.

L'amour a commencé. Là, je t'ai aimé sans réserve : geôlière et prisonnière. En totale révolution. Non plus « libre » mais « libérée ».

« Usant à l'envi leurs chaleurs dernières
Nos deux cœurs seront deux vastes flambeaux
Qui réfléchiront leurs doubles lumières
Dans nos deux esprits, ces miroirs jumeaux… »

Jamais nous ne mourrons. Ou alors au large, aux confins du monde. Mais même pas ! La mort s'éloigne, pudique, souriante, quand les corps se confondent, défiant l'éphémère. Le temps suspendu s'évapore. Si l'amour emprisonne, le sexe délivre.

J'ai trop tard cherché tes lèvres. Elles étaient sur mon corps, déjà, partout à la fois, impérieuses, douces. J'ai perdu conscience.

À mon réveil, douloureuse, apaisée, ma chair a rendu à ma mémoire le moindre de tes gestes, la saveur de chaque baiser. L'amour est revenu. Tu reposais, la bouche entr'ouverte. Je me suis enfuie.

Ta Cri-cri

Ne m'appelle plus jamais Christiane !

QUATRIÈME PARTIE

Roger à Pierre

Sainte-Maxime, 26 décembre 2008,

Nous sommes enfin installés. Laurent voulait du soleil, du soleil et encore du soleil. Je l'admire. Dépressif en cas de roulis ou lorsque de nouveaux médicaments viennent s'ajouter aux récurrents, il joue à la Bourse ; au poker aussi sur Internet, l'œil méchant derrière ses lunettes à double foyer. Et, surprise, il ne fait qu'accroître sa fortune !

À 81 ans passés, sa coquetterie est intacte. Il refuse d'aller grossir les rangs des vieux sur les bancs devant la plage. Je vais seul m'y asseoir ; j'observe ce grand « lac » aux couleurs mouvantes, aux colères brusques. Mes voisins ont l'âge de Laurent. Et j'aurai bientôt cinquante ans à peine !

« Qu'est-ce qu'un couple, François ? » demandait Darrieux à Gabin dans LA VÉRITÉ SUR BÉBÉ DONGE, le meilleur Decoin depuis la guerre avec, soyons justes, RAZZIA SUR LA SCHNOUF, supérieur à TOUCHEZ PAS AU GRISBI du prudent Becker.

Qu'est-ce qu'un couple ? Nous ne partageons plus rien, Laurent et moi. Le cinéma l'ennuie à présent. Il dit que sans ma voix pour commenter les images, il n'y trouve plus aucun plaisir.

Il se lève, s'habille n'importe comment, s'installe devant son computer (nous avons chacun le nôtre), s'invente des histoires d'amour abracadabrantes et joue jusqu'à perdre le sens des heures.

Moi ? Je fais le ménage en sifflotant. J'organise dans ma tête le programme du jour : encore des films français des années trente… J'essaie de compléter mon stock de cassettes. Il arrive qu'un internaute me propose un inédit et, chaque fois, mon cœur s'arrête ; je tremble, je pâlis…

Suis-je devenu un collectionneur indécrottable ? Non, la passion toujours ! Récemment, j'ai acquis LA PEUR de Victor Tourjansky. Tu te rappelles LES YEUX NOIRS, ta deuxième vision et ton enthousiasme ? Eh bien, ce serait la même chose. Je l'ai déjà vu trois fois. Suzy Prim, actrice inégale, y est excellente. Ça, c'est la première surprise. Une autre ? Le Rossellini est nettement inférieur. Ingrid Bergman et ses paniques sophistiquées ne tiennent pas le coup face à Gaby Morlay, pathétique sans pathos. Bon, je stoppe. Tu m'as dit : « Plus de rubrique ! »

…Qu'est-ce qu'un couple ? Deux personnes qui se retrouvent régulièrement aux repas pour égrener les phrases utilitaires, celles qu'on peut écouter dans les films français actuels.

Et, cependant, les regards se substituent aux mots et nous savons, lui comme moi, quel lien indestructible nous unit. Un lien qui ne se nourrit pas seulement de souvenirs : un lien défiant la rouille.

Mystère, au sens médiéval ? (*Ainsi je dis, l'athée, qui, de la religion, ne suis ni instruit ni studieux !!!*)

Notre villa regarde vers la Corse, où nous avons fait l'an passé un voyage idyllique. « Les pieds dans l'eau, annonçait l'Agence, et pas d'étage. » C'est ce qui a décidé Laurent. Il s'y trouve tellement à l'aise que je vais finir par me résigner.

Elle me paraissait trop grande ; je m'y perdais. Une grande maison exige des présences, de l'agitation. Vous serez donc, doublement, les bienvenus.

Est-ce que, comme tu l'avais évoqué, la famille canadienne pourrait se joindre à vous ? Quelle joie de connaître le petit Maurice, d'admirer le… musculeux Edwin et de choyer Anna ! Venons-en à tes difficultés, en espérant que j'en ai bien compris les dessous. Tes mésaventures dans « ce métier » ne m'ont pas surpris. Ton optimisme était si joyeux. Je n'ai pas osé te crier casse-cou...

Les « professionnels de la profession », je ne te ferai pas l'injure de citer l'auteur de cet « épatant » raccourci, se penchent avec bienveillance sur un nouveau venu : le bébé deviendra peut-être redoutable en grandissant. Pour l'heure, en l'absence de compétition, on le ménage.

Puis arrive le partage du gâteau. Là, tout est différent.

Couteau en main, on surveille les concurrents. En ces moments difficiles où l'argentique vacille, les films français se cloîtrent dans un précautionnisme de mauvais aloi, tant au niveau thématique qu'au niveau de l'écriture.

On parle de « formatage » dans toutes les officines mais que fait-on pour contrer cette frileuse soumission aux ukases du prime-time ? Académisme et prudence se penchent sur les berceaux. Vraiment, on revient au pire cinéma français, celui des années d'occupation. En l'absence de films américains, l'argent affluait mais sous contrôle.

La différence ? Aujourd'hui la censure s'exerce davantage sur l'esprit : pas de contre-emploi, pas de dialectique, donnez-nous s'il vous plaît des films réalistes qui rendent compte avec « art » de notre quotidien.

Tu n'as rien voulu accepter de tout ça, et je t'en félicite, mais rapidement tu as dû te concentrer sur un seul de tes trois projets : le plus ambitieux. Budget pharaonique. Metteur en scène dispendieux. On t'a tout promis : des millions de dollars venant des Mormons ; de l'argent suisse à blanchir... Au dernier moment, on ne t'a donné que des miettes. Rires sous cape, à peine contenus. Je vais te dire franchement comment je vois la suite : supprime les intermédiaires, rejette les apparats désuets, réalise toi-même le film dont tu rêves. Les petits moyens révèlent souvent les belles idées. Travaille en vidéo avec une équipe réduite au strict nécessaire. Contrôle tout. Je connais ta riposte : où trouver le financement sans acteurs « bankables », sans un sujet qui fasse bander un directeur de chaîne ?

Eh bien, cet argent, nous te l'offrons. Disons que Laurent te l'offre. Quand il joue à la Bourse ou au poker et que je le gronde, il réplique inlassablement « c'est pour le film de Pierre ». Preuve qu'il est de mon côté.

Un refus de ta part nous offenserait.

Ton ami Roger (et les encouragements du vieux Laurent !)

Christiane à Pierre

Grandes Piles, 27 décembre 2008

Fou que tu es !

Prends-le cet argent, nom de Dieu ! Tu n'as pas à avoir honte… Je vois Laurent comme un nabab et son pétrole est clean. Quant à Roger, il n'a rien à craindre matériellement. De plus, son désir de te voir faire un film est sincère. Il parle juste. Écris et réalise, tu en es capable. Je serai là pour critiquer avant, pour t'aider après. Ton coup de téléphone m'a effrayée. J'ai si peu l'habitude de recevoir tes appels. Puis ta voix dans mon oreille… Que de frissons ! J'ai envie de toi, mon amour.

Edwin te portera cette lettre. Il doit passer par Paris.

Si je te disais pourquoi, tu n'en finirais pas de te moquer…

Anna, le mignon Maurice et moi arriverons directement sur Nice. J'ai bien consulté les horaires : l'avion du bûcheron devrait pratiquement être synchrone avec le nôtre. Nous louerons une berline. Tu sais que c'est ma folie et il faut bien ça pour nous quatre.

Anna tenait à ce que je passe quelques jours avec elle. Elle appréhendait un mauvais comportement de son mari à Sainte-Maxime. Les incessantes querelles avec Edwin ont essentiellement pour objet l'éducation de Maurice. Je ne comprends pas bien ce qui la tracasse. Parle avec le bûcheron. Il t'écoutera, j'en suis persuadée.

En revanche, je crois inutile d'évoquer devant les Canadiens la perspective du tournage. À toi de voir ! Je suis peut-être craintive.

J'ai bien réfléchi sur tes projets. Un soir de confidence, tu m'avais parlé d'une histoire. UNE ENFANT DANS LE

SABLE, si je ne me plante pas sur le titre. Tu pourrais faire ça près de la villa de Laurent, non ?

Tu verras, mon amour, ce film demande peu de moyens. Les personnages sont forts. Si tu veux, je me charge du casting. Il faudrait selon moi des gens du coin, avec un léger accent, sauf évidemment cet homme de sable que j'imagine volontiers Maghrébin… Je m'emballe.

Ne va pas penser que je m'immisce dans ton « œuvre ». Je serai à tes côtés, sans plus…

Oh ! L'affreux ! Je devine que tu ne me crois pas….

Edwin part dans quelques minutes, je m'arrête, pleine de confiance, heureuse pour tout : toi, l'avenir, la fête avec nos amis et surtout l'espoir de te voir délivré de tes angoisses. Ensuite, j'aiderai Anna qui, tu le sais, est incapable de gérer un « déménagement ».

Je te laisse choisir l'endroit où je peux déposer mes lèvres, même si j'ai une nette préférence... Non, pas celle-là, sacré cochon !

Cri-Cri tout émoustillée

P.S. Allez, je te le dis : Edwin consulte un sexologue. Il juge que son sexe est trop petit… Je te laisse le mot de la faim…

Pierre à Roger

Paris, rue du Bouloi, 25 janvier 2009

Anna m'a convaincu de vendre notre appartement avenue du Maine. Charges trop lourdes. Environnement bruyant, etc. Mon nouveau quartier est très plaisant. Commerçants affables. Ambiance villageoise. Notamment rue Montorgueil où Christiane adore faire ses courses. Le déménagement m'a éloigné. Et la voici plus souvent chez moi que chez elle ! Avec la discrétion requise. Ce dont je la remercie.

Il faut absolument que vous me rendiez visite. Laurent et toi. J'y tiens. Certes, mon trente mètres carrés, espèce de soupente bien isolée, propice à un travail serein, ne me permettra pas de vous loger. Il y a, tout près, aux abords des Innocents, une « Citadine ». Appartement-hôtel où tu cuisineras, comme tu aimes, ce que tu aimes.

Plus proche encore, face à la sublime église Saint-Eustache, en sous-sol, le Forum des Images, qui a fait peau neuve, vient de rouvrir ses portes. Programmation éclectique sans trop. Les films qui nous sont chers, d'autres à découvrir.

Que Laurent traîne donc après lui son ordinateur portable. Il jouera au poker pendant nos orgies de cinéma. Faudra aussi que nous parlions du film.

J'ai accepté votre soutien (le mot est faible) avec l'embarras que tu sais. Lisez le scénario, du moins son premier jet. Critiquez-le sans crainte de me froisser. Je n'ai pas d'ego. Juste quelques convictions.

J'espère tourner à la fin du printemps, quand le flot des touristes est encore supportable. Sur la plage que tu m'as conseillée. J'aurais aussi besoin d'un espace arboré. Petite forêt de pins près de la mer qui puisse raccorder avec la plage. Et l'appui d'un hélicoptère ! Crois-tu que Laurent et toi parviendriez à m'obtenir les autorisations nécessaires ? Je te dois beaucoup. Je demande encore….

J'ai perdu toute fierté. Ce film m'obsède. Christiane balaye mes doutes. Ce qui, paradoxalement, augmente mes angoisses. Aidez-moi, tous les deux. Que mon « joyeux enthousiasme » s'efface devant un minimum de lucidité.

Pour un cinéphile, le passage à la réalisation est un défi. Se mesurer à tous les cinéastes qu'on vénère. Imposer tout de même son univers. Ne pas grossir les rangs des médiocres. Ce n'est pas de l'orgueil. Seulement du respect. Je n'en dirai pas davantage. Je suis certain que tu me comprends.

Trois semaines déjà. Les fêtes sont terminées. Je ne puis vider ma mémoire. Soirées-champagne. Promenades dans l'arrière-pays niçois (Vence, Tourrettes/Loup, et tant d'autres petits villages, enneigés pour notre bonheur). Cavalcades de Maurice. Nos discussions sur les films. Visionnés en cachette par peur d'ennuyer Edwin…

Parenthèse. Que penses-tu du « mal dégrossi » ? Justement si différent de ce qu'il était à Grandes Piles. Costume trois pièces, cravate assortie, au lieu du jean déchiré. Sourire franc qui remplace les regards sournois et les ricanements. Où est passé l'insupportable macho ? Nous n'avions qu'un guitariste distingué.

Il rend Anna heureuse. Maurice l'idolâtre. Pourquoi se poser des questions ? Mais le malaise s'installe. Un malaise que je ne maîtrise pas. Quand tout paraît trop beau, je m'inquiète. Prémonition ? Bêtise ?

Côté cinéma, tu m'as gâté. Intégrale Grémillon, courts compris ! J'enrage (pour l'injustice dont il a été victime). Je me réjouis (pour l'exemple qu'il propose).

Tu as eu raison d'attirer mon attention sur le plan de Gaby Morlay sortant seule de l'église pour, péniblement, rejoindre un pilier devant le cimetière. Lumière blanchâtre, comme une erreur de diaphragme, qui nimbe le paysage. Ne privilégiant aucune partie de l'espace. Cette scène, apparemment anodine dans sa simplicité, ramasse tout le film. Question : serait-il possible de restituer ce moment un autre jour, sous une autre lumière, avec une autre actrice, fût-elle aussi grande que Morlay ? La réponse est non, évidemment. D'où la responsabilité de chaque décision, plan par plan : quel instant ? Quelle lumière ? À quelle distance ? Je sais, ça s'appelle mettre en scène. J'en frissonne de terreur.

J'ai aimé PATTES BLANCHES. La grandeur des personnages. La beauté des falaises (la mer réussit à Grémillon !). L'audace du plan où Arlette Thomas danse, revêtue de la « belle robe »... Mais ce qui m'a le plus « épaté », c'est L'ÉTRANGE MADAME X dont j'avais entendu le pire...

Le courage du cinéaste consiste là, sans précaution, mais avec délicatesse, à prendre le contre-pied de son idéologie en fustigeant le sectarisme des prolétaires face à la bourgeoisie. Et tombent les idées reçues !

Je tâcherai de tirer profit de cette belle leçon d'humanité au sein d'un art qui, trop souvent, la bafoue ou la dénie par excès de manichéisme.

Avant de t'abandonner (provisoirement), salue mon financier. Dis-lui combien je m'efforcerai d'être à la hauteur de sa générosité.

Je t'embrasse, si tu le permets...

Pierre

Roger à Pierre

Sainte-Maxime, 2 février 2009

Mon ami,

Rien ne saurait me donner plus de plaisir (c'est seulement une formule) qu'un bisou de ta part.

Ne te fais aucun souci pour les autorisations de tournage, ni pour les plans en hélicoptère. Laurent a déjà posé les jalons auprès des autorités compétentes. Tout baigne, comme on aime à dire dans la profession...

Par ailleurs, j'ai repéré un superbe Marocain, bien foutu, dans les quarante, quarante-cinq ans. Très souriant malgré un regard sévère : prêt pour ta dialectique. Je me suis permis d'évoquer l'éventualité de sa participation.

Je peux affirmer qu'il n'y serait pas opposé. Rassure-toi, il n'est pas « crypto homo »... Une société de jardinage l'emploie. Son manque d'enthousiasme est flagrant. « Il faut manger », dit-il, presque triste. Son nom ? Aziz. Dès que tu as un moment, fais un saut en avion. (J'entends ta réponse : « avec ou sans parachute ? » !) Pour les parents et la grand-mère, nous avons des gens à te montrer. Reste la petite fille : pas évident. Laurent questionne autour de lui, sur les bancs de la plage.

Il a enfin accepté de fréquenter ses semblables ! Est-ce un bien ? Est-ce un mal ? Je l'ai même aperçu sortant de l'église... J'espère qu'il n'y était qu'en visite. Jusqu'à présent, il se déclarait, comme moi, « athée pratiquant ».

Ce ne serait pas le seul changement. Il se rapproche, me tient la main pendant que je visionne mes cassettes, s'endort sur mon épaule. Je le réveille doucement. Quelquefois des larmes ont séché sur ses joues.

Si je le questionne, il se moque de mon « émotivité », parle de pollen. En février !!! Je ne suis pas très optimiste sur son état. Il refuse obstinément de consulter. Quant à moi, hors le cinéma et… toi, que du vide.

Les doutes que tu affiches t'honorent. Tiens-les au chaud. C'est un ressort incomparable que le doute ! N'en sois pas affecté : il prépare le terrain.

Donne-moi plusieurs dates pour ta venue. Cela me permettra d'aménager un horaire pour recevoir les acteurs potentiels.

Le temps est au beau. La chaleur ne se dissipe que tard dans l'après-midi. Les bourgeons gonflent. Et moi, je dépéris.

Bises tendres.

Roger

Christiane à Pierre

Paris, rue du Bouloi, 28 février

Amour,

Je suis chez toi. Un peu d'ordre. Tu as laissé un de ces chantiers ! La machine à laver tourne en ce moment. Son ron-ron accompagne ma plume. Tu t'améliores : à voir le nombre de slips, tu en changes plus souvent… J'en ai conservé un seul, pour la nuit. Façon de te « sentir » près de moi… Stop ! Sinon, je vais verser soit dans la déprime soit dans l'érotisme de pacotille. Tu as autre chose à faire que lire les propos pué-rils d'une adolescente attardée. Même si…

As-tu avancé dans tes choix ? Ce que tu me dis des parents me plaît. Avant tout, qu'ils ne soient pas trop conscients de leurs personnages. Qu'ils disent le texte et basta.

La grand-mère en revanche, telle que tu me la décris, me semble heu… trop mère poule. Rappelle-toi, elle doit être assez sèche, un peu cruelle aussi. Ne décide pas trop vite en ce qui la concerne.

J'ai, sur ta demande, rédigé le synopsis d'UNE ENFANT DANS LE SABLE. (S'il ne convient pas, je suis prête à vingt fois, etc.) Premier jet seulement et, comme toi, pas d'ego. Tu peux massacrer. Voici.

« Une plage dans le Var, près de Ramatuelle. Protégée du mistral par une petite forêt de pins parasols. La famille qui nous intéresse comprend un couple vers la trentaine. Et la grand-mère, côté paternel, d'une petite fille atteinte de mucoviscidose. Le film débute par la fugue de Lila. C'est le nom de la petite fille. Elle est repérée par l'hélicoptère de la gendarmerie. Ramenée à ses parents, elle se comporte en enfant gâtée. On comprend que les parents culpabilisent.

Cette horrible maladie est, dit-on, d'ordre génétique. Leur comportement envers Lila est abusivement laxiste. Malgré les préventions de la grand-mère. Par hasard, Lila envoie son ballon sur un homme nu dans le sable. Un Marocain pas très commode. Qui gronde la petite fille. Entre l'enfant et l'adulte, vont peu à peu se créer des liens profonds. Lila évolue. Devient plus apte à être soignée. À la fin des vacances, sur les conseils de la grand-mère, Lila reste quelques semaines de plus chez le Marocain. En liaison avec les médecins. La guérison est-elle envisageable ? »

J'ai tenté de respecter ton style… et ta ponctuation.

Je vais parler avec un ami de Jeannot, un spécialiste des maladies infantiles. Il nous dira si nous avons fait le bon choix avec la mucoviscidose. Autant prévenir. Les tatillons sont nombreux quand il s'agit d'enfants. (Je ne ferai aucun commentaire !).

Tu es bien silencieux à propos des ennuis de Laurent. Est-ce aussi grave que le prétend Roger ? En pythonisse confirmée, je sens venir les problèmes. Oublie quelquefois le film. Je reste persuadée que tu seras plus efficace que Roger auprès de Laurent. Prends du temps pour lui, s'il te plaît. Laurent est capital (si j'ose dire) dans le projet. Il ne faudrait pas qu'il lui arrive malheur. Non, je ne suis pas égoïste. Je pense autant à lui qu'à nous.

Tu connais Roger. Il est avec Laurent comme sont, dans ton film, les parents de Lila : trop aux ordres, trop conciliants avec leur fille. Les malades doivent être bousculés de temps en temps. Non ?

Deux questions essentielles : quand penses-tu commencer le tournage ? Auras-tu besoin de moi ? Réfléchis avant de répondre : je ne peux pas me permettre de jouer au con avec la direction de la Fac maintenant que j'ai repris mes cours. Pourtant quel bonheur ce serait de te voir au travail !

Si ça ne te dérange pas, je compte venir à Pâques mais je ne resterai pas jusqu'à la Trinité.

Bises. Grrrrr !

Cri-Cri

P.S. (Tu sais que je me plais à en rajouter...) J'ai fait mettre des Velux pour un peu plus de lumière. Tu t'abîmes les yeux dans cette obscure mansarde. Tu aimeras, j'en fais le pari, tous les changements que j'ai apportés. Et il y a du rouge partout !

Roger à Pierre

Sainte-Maxime, 25 avril 2009

Deux semaines que vous nous avez quittés, Christiane et toi ! Votre séjour ici a largement contribué à sortir Laurent de sa léthargie. Je l'ai vu joyeux comme aux premiers jours de notre rencontre : remuant, enfiévré. Bref, le tournage à venir semblait sans problème.

Je dois déchanter aujourd'hui : les crises de nerfs succèdent aux crises de colère toujours dirigées contre moi. Pardon d'être aussi brutal : il refuse de prêter la villa comme décor.

J'espérais que ce ne serait qu'un caprice. Or il s'entête. J'ai fait venir le généraliste. Il l'a flanqué à la porte, m'a traité de suborneur ; j'en cherche encore les raisons…

Hier soir, les yeux injectés de sang, il a décliné une série de reproches… « Tu m'as empêché de vivre à ma guise… Tu profites de moi… Tu m'imposes tes amis… La solution est simple : je ne veux plus te voir chez moi. »

« Chez moi » ! Alors que nous sommes pacsés et que tout m'appartient pour moitié.

J'ai patiemment attendu qu'il se calme, préparé la tisane du soir qu'il a bue d'un trait. Puis, d'un œil malicieux : « Tu sais, si tu cherches à m'empoisonner, tu me rendras service. » Je souhaitais passer la nuit à ses côtés. Il a claqué la porte après m'avoir hurlé : « Surtout pas ! »

Ce matin, il pleurait.

Pas un mot pour moi.

J'ai immédiatement téléphoné en Corse à ces gens merveilleux qui nous avaient logés. Ils ont tout de suite compris la situation ; ils s'occupent de tout : le cinéma les passionne.

Ils savent où loger techniciens et comédiens : dans le village de Solaro au-dessus d'Aléria. La plage quasiment déserte en toute saison s'étale sur quinze kilomètres jusqu'à Solenzara. Elle est bordée d'une forêt de pins. En quelques minutes, ils ont tout cadré.

Je crois que tu seras enchanté des paysages qui offrent des ressources très variées, propices aux images que tu recherches. Ce sera bien plus beau que sur la Côte ! Il serait quand même utile que tu ailles voir sur place. Moi, je suis coincé ici, ne sachant jamais, jour après jour, de quoi seront faits mes lendemains.

Pour ce qui concerne l'argent : il est bloqué sur un compte dont Laurent n'a pas la signature.

Seules, la tienne et la mienne sont autorisées.

Je suis désemparé, coupable de t'avoir entraîné dans cette sombre aventure. Qui plus est, je ne peux rien pronostiquer quant à ses humeurs si changeantes ! À cette heure, il est assis devant la véranda, apathique et muet.

Que me réservera son « réveil » ?

Deux heures plus tard…

Voilà, il s'est levé brusquement, s'est emparé d'une chaise, l'a jetée contre le grand miroir. « Sept ans de malheur. » Il ricanait. J'ai réussi à l'emmener jusqu'au lit où il a sangloté quelque temps avant de s'endormir.

Je fais porter cette lettre à la poste et vous embrasse.

Tristement, Roger.

Pierre à Christiane

Solaro, 30 avril 2009

Cri-Cri,

Tout est beau ici. J'ai l'enthousiasme facile, je sais. Les désillusions pénibles, je sais. Tu vas me mettre en garde, je sais. Alors, viens voir par toi-même !

C'est au pied d'une montagne couronnée de neiges éternelles que se love le village. Dominant à perte de vue la Méditerranée et ses plages de sable doux. L'air, d'une pureté rare, tonifie jusqu'à l'âme. Roger a prévu de louer quatre villas pour le tournage. Les propriétaires de l'une d'elles, la trentaine passée, sont exactement les parents dont je rêvais. Ils ont l'accent. Ce qui ne t'étonnera pas. Aussi des voix envoûtantes. Je les ferai chanter dans le film.

Enfin, cela tient du miracle, leur progéniture comprend trois garçons et... une petite fille. Espiègle, volontaire, toujours de bonne humeur. Nous avons fait des essais. Dans le mutisme, ses yeux s'agrandissent. Lui dévorent le visage. Aussitôt après, elle éclate de rire.

Oui, je l'avoue, avoir des enfants de ce genre, ne vivre que pour eux, oublier le monde, je m'en sens capable. Avec toi. Je t'aime, ma Cri-Cri, je te le dis. Je t'aime. Je suis prêt pour toi à toutes les folies. Même abandonner le film si tu le voulais. Mais de quoi vivrions-nous ?

Quand j'évoque ces fantaisies auprès des Corses, ils me répondent en riant : « Nous avons tout pour subsister dans le village. Nous vous prêterions un potager... Et puis il y a les châtaignes ! Et le bruccio. Ça ne vous suffit pas ? »

Merde ! Je suis tenté. Après le film peut-être ?

Pour la grand-mère, on me suggère soit de chercher une

autochtone au visage fripé où se devinent bon sens et goût des traditions, soit une Parisienne, comédienne confirmée, élégante. Qui ferait contraste avec les parents. J'hésite.

Roger m'a mis en rapport avec Aziz, le Marocain. Bel homme en effet. Nous l'avons traîné jusqu'ici. Il a pris une semaine. Voulait nous l'offrir. Roger tient à ce qu'il soit rémunéré. Timide assez souvent, il lui arrive d'être volubile quand il parle de son pays qu'il juge très proche de la Corse… Dans ces moments-là, il se crispe un peu. Puis laisse rire ses yeux.

« Et Laurent ? », vas-tu demander. Oui, Laurent… Pas facile. Impossible de lui faire raison garder. Il tempête dès qu'on lui parle d'assistance médicale. Et, naturellement, il a refusé de nous accompagner. Du coup, j'ai l'esprit plus libre.

Roger lui téléphone tous les jours aux mêmes heures, matin et soir. Il semble calme, se prétend joyeux de nous savoir contents, en pleine forme. Mais… Qu'imagine-t-il ? Ses allusions se font de plus en plus précises. Tu devines lesquelles…

Viens-tu ? Je serais si fier de te présenter mes futurs acteurs. Et toi, tu serais dingue de ces enfants corses qui grimpent aux rochers comme des cabris. Éveillés comme des lapins. Malicieux comme des chats.

Non, mon petit, vous n'avez pas le monopole des comparaisons ! Veux-tu que nous nous occupions de ton voyage ? Suffit de nous donner tes dates.

Un affectueux salut de Roro. Plein de mimis de ma part.

Ton Pierrot.

Je vais m'acheter une mandoline. Les « parents » de « Lila » ont promis de m'apprendre.

Christiane à Pierre

Cannes, 15 mai 2009

Mon chéri,

Comme je te l'avais dit, je me suis arrêtée ici, la tête remplie de souvenirs à double détente : mon enfance et notre séjour d'il y a... si longtemps !

Il était bon que je prenne contact avec des amis de Jeannot, distributeurs Art et Essai, assez ouverts au genre de film que tu envisages. Ils auraient voulu voir les décors, rencontrer les acteurs, j'ai aussitôt arrêté les pourparlers. Tu détestes, et je déteste, les interventionnistes. Sous couvert d'intérêt et de gentillesse, j'ai craint qu'ils ne le deviennent.

On a convenu qu'ils verraient le film une fois achevé mais avant mixage. Pour l'instant, nous avons signé un protocole avec les réserves d'usage. Ne te sens pas lié.

Sois heureux : je ne considère pas ton enthousiasme comme excessif. Tout ce que tu m'as annoncé dans ta lettre est conforme avec, je dirais, un petit quelque chose en plus. Ce qui manquait à ton histoire, je sens que tu l'as trouvé : la plage, la maladie, le beau Marocain, les échanges avec Lila... Du concret, quoi !

Dans ce pays, le surnaturel est présent partout. On peut tout admettre du plus banal au plus extravagant. Moi, ça me rassure.

Quant à ton agacement au sujet de Laurent, je ne le trouve pas justifié. En revanche, ses allusions sont fondées. Roger est amoureux de toi. Pour le moins.

Faut-il que tu sois entièrement dans le film pour ne pas constater ce que nous tous, autour de toi, avons perçu ! Prends garde, Pierre !

Si tu laisses s'installer l'intimité entre vous, tu devras aller plus loin. Je ne m'en formaliserais pas. Le rejeter serait terrible au point où vous en êtes de vos sentiments.

Non, je ne fantasme pas. Je suis très sérieuse.

J'ai décidé de ne pas être sur le tournage. Fais-moi la grâce de comprendre.

Mon affection pour Roger, je la veux conserver intacte. Ma présence compliquerait davantage vos rapports.

Voilà, mon bel innocent, tu « ravages » et tu ne te rends compte de rien ! Accepte les choses comme je les accepte moi-même : sans te rebeller.

Rien ne saurait m'empêcher de t'aimer.

Cri-Cri

Une Parisienne comme grand-mère de Lila ? Ça me paraît saugrenu mais tu es si tordu et si adroit dans le genre… Pourquoi pas ? J'y réfléchirai. En vain. Je suis persuadée que tu auras décidé avant mes « conclusions » !

Laurent à Christiane

Sainte-Maxime, 18 mai 2009

Christiane

Mon message va vous surprendre. Je sais par « nos amis » que vous êtes au Festival, non loin de ma villa maximoise. Je sais aussi que tout roule (selon leur expression) pour Roger, Pierre et le film.

Si j'ai bien saisi par téléphone car je n'ai plus droit à des lettres (« pas le temps, tu comprends… »), ils ont même avancé les dates de tournage.

Notre première entrevue a été un peu… étrange. Pourtant, il n'y a que vous qui puissiez m'aider à ce jour. Est-ce trop vous demander que de venir auprès de moi une semaine ou deux ? Peut-être avez-vous fort à faire dans ce bazar superficiel où être vu semble plus important que voir ? Et puis, j'y pense, vous avez encore vos cours… Ne perdez pas votre temps avec un vieux schnoque comme moi… Toutefois si vous en aviez la possibilité, vous me rendriez un immense service, un de ceux que l'on demande à des personnes que l'on connaît mal.

Pardonnez ma façon de m'exprimer : la litote n'est cependant pas dans mes habitudes. Si vous venez, vous saurez les raisons de mes cachotteries.

La maison est belle, grande, on peut même ne pas s'y croiser. Depuis le départ de Roger, une armée de larbins obéit au moindre de mes désirs. Qui pourrait satisfaire un « désir » quand le mot même ne signifie plus rien ? Sans regret. Poubelle vidée. J'ai le sentiment de m'être un peu dévoilé. Tant pis ! Merci par avance. Mais…

Laurent

Christiane à Laurent

Cannes, 20 mai 2009

Quelle blague, ce mais... Je suis bien certaine que vous ne doutiez pas de ma réponse ! Quand on m'appelle, je rapplique au galop mais en chevaux-vapeur cette fois. Nous nous sommes tant amusés en une seule rencontre... Je plaisante pour dissimuler une certaine émotion. Un peu de peur pour être tout à fait franche. Tout est arrangé. Je demeurerai auprès de vous le temps nécessaire. Dans votre villa ou, si c'est plus pratique, dans un proche hôtel.

Effectivement, la préparation de UNE ENFANT DANS LE SABLE a pris de l'avance. L'équipe est déjà en train d'installer l'éclairage dans la maison des parents de Lila, décor qui devrait ouvrir le bal.

Lundi, premier tour de manivelle. J'adore cette expression « tombée dans le domaine public ». Elle ramène aux balbutiements d'un art dont je ne suis pas une vraie fanatique comme nos amis mais dont les diableries m'émeuvent toujours un peu.

La période du muet davantage encore. Sans doute à cause des « non-dits »... D'ailleurs, ceux que je préfère sont ceux qui ne comportent pas ces cartons explicatifs qui trahissent une impuissance à communiquer. Vous me donnerez votre point de vue. Si toutefois vous n'êtes pas lassé !

Je rejoindrai Sainte-Maxime dès samedi. Le Festival sera quasiment terminé. Plus décevant que d'habitude ! On devrait le débaptiser : Rendez-Vous Cannois serait plus conforme !

Christiane

P.S. Avez-vous appris que Roger et Pierre ont installé un

banc de montage vidéo ? Ils pourront ainsi, chaque jour, vérifier le travail et refaire éventuellement certaines scènes. C'est
une excellente initiative. Notre metteur en scène panique trop
souvent, malgré les efforts de Roger pour le rassurer.

Il faut que je trouve une astuce. Ne pas leur dire que je suis
avec vous. Pensez-vous que cela compliquerait les choses
s'ils savaient ? Je le crains !

Christiane

Christiane à Anna

Cannes, le 21 mai 2009

Ma belle,

Ce n'est pas une formule. La maternité t'a rendue encore plus appétissante… Ceci n'ayant rien à voir avec cela, j'ai un GROS service à te demander. Officiellement, je suis chez toi en début de semaine prochaine. Pas de questions, s'il te plaît. Et triture la cervelle de ton bûcheron : qu'il ne me trahisse pas dans le cas, fort improbable, où Pierre passerait un coup de fil…

Invente un joli mensonge qui n'inquiète personne et qui paraisse vraisemblable. Oui, oui, je te raconterai plus tard. Non, non, ce n'est pas grave ! C'est seulement (?) important.

« Appelle-moi et dis-moi que tu m'aimes. » Je m'amuse toujours avec des bouts de chanson… J'aimerais tout savoir, comment vos rapports évoluent, si ton superbe mari a enfin trouvé un job qui ne le dégoûte pas ; et surtout tes travaux et tes jours…

Embrasse le petit poulet sur les deux joues. Dis à Edwin que je l'ai trouvé affriolant (et en progrès, mais ça, tu le gardes pour toi !).

Merci, merci, merci.

Christiane

Christiane à Pierre et Roger

Cannes, le 24 mai 2009

Mes grands hommes,

Ouf ! Terminé ! Je ne dirai rien du palmarès. Sinistre pitrerie à l'image des précédents. Je n'ai pas vu grand-chose et ce que j'ai vu n'était pas grand-chose !

Le narcissisme d'Almodovar s'épanouit, ce qui ne va pas vous rassurer... Resnais vieillit bien ; ses films un peu moins. Tarantino fait un bras de fer virtuel avec Scorsese pour la palme du mauvais goût. (Mais oui, je sais que ce dernier n'était pas à Cannes... Ce n'était qu'une idée générale !)

En fait, je pense que les compétiteurs et les sélectionneurs forment une secte. Sans déconner...

J'avoue. Je ferais une exécrable journaliste.

Petit contretemps : Anna sollicite ma présence à Grandes Piles. Encore des soucis avec Maurice si j'ai bien compris car elle est restée très évasive. Edwin ? Non, de ce côté, tout va.

Pierre, tiens-moi au courant jour par jour <u>sur mon portable</u>. Si, si ! Il est possible que je bouge là-bas. Oublie le décalage horaire. J'adore quand tu me réveilles, tu ne l'ignores pas. Certes, c'est mieux quand tu es dans mon lit...

J'ai confiance. Ton film sera beau et personnel. La preuve ? Il n'ira certainement pas à Cannes... Comme je le pressentais, les distributeurs, frileux, se sont cassés. Alibi mignon : difficile de trouver des salles pour un « produit » en vidéo !!! Dans cinq ans, ils seront les premiers à refuser les copies en 35 mm... Bon, on ne va pas gloser sur l'inconséquence de ces gens en queue de peloton.

Je suis, comme on dit quand on est poli, de tout cœur avec vous. Sans blague ! Je ne vous quitte même pas des yeux.

Ne soyez pas sages. Soyez vigilants.

Cri-Cri

P.S. Pierre, quand tu recevras cette lettre, tu auras commencé. Alors, « Bocca in lupo », comme disent si joliment les Italiens. Eh ! Eh ! Pourquoi pas Venise. C'est plus… C'est plus, quoi !

Anna à Christiane

Grandes Piles, ce 25 mai 2009,

Ce rôle que tu entends me faire jouer ne me convient pas. Comme je ne peux pas mentir à Pierre, tu me condamnes au silence, à l'absence. Je le ferai par solidarité. Par niaiserie, donc !

Laisser la maison à Edwin qui n'y comprendra rien et me suspectera de je ne sais quoi ; promener Mauricet dans la campagne, loin, le plus loin possible pour ne pas entendre les inévitables et meurtrières sonneries du téléphone…

Tu sais nos liens, à Pierre et à moi. Déstabilisé par tes silences, il cherchera refuge auprès de sa sœur, toujours disponible pour lui. Cela aussi, tu le sais.

L'un et l'autre, vous êtes fragiles. Sa fragilité, à lui, est émotionnelle. La tienne est la conséquence d'un égocentrisme incontrôlable.

Même si je devine, au travers de ces quelques lignes, que tu fais dans le sublime, je suis persuadée que ce n'est ni le lieu, ni le moment. Pierre ne t'en voudra pas, non, il t'aime trop à présent, d'un amour étale, définitif, où la passion a fait son nid.

Il t'aime et tu ne le mérites pas.

Quelles que soient tes raisons, justes, urgentes, généreuses, tu n'as pas le droit de t'isoler alors que Pierre, poussé par toi d'ailleurs, est en train de concrétiser les rêves secrets de son enfance.

Tôt ou tard, il en souffrira. Et tu en souffriras aussi.

Je ne peux plus être ton amie.

Anna

Pierre à Christiane

Solaro, 1er juin 2009

Cri-Cri,

Je te laisse message sur message. Le répondeur toujours. Et rien ne me revient. J'ai la désagréable sensation de me retrouver neuf ans en arrière. À cette époque, j'étais certain que tu me snobais… Avec le recul, je comprends la stratégie, que tu as indirectement reconnue d'ailleurs.

Aujourd'hui, je suis perplexe. Respect de mon travail ? Ridicule ! Peur de me déstabiliser ? À quelles fins ? Le silence est bien plus cruel. Tu me jugeras puéril. Encore ! J'ai besoin de te raconter mes journées. De te parler du tournage. D'avoir un retour de toi…

Vendredi dernier, Lila, après une chute idiote (mais y en a-t-il de sensée ?) nous a flanqué la trouille. Que faire ?

Antoine et Catherine (ce sont les parents dont j'ai conservé les prénoms dans le film alors que Lila, qui reste Lila, a pour nom, dans la vie, Laetitia) ont été admirables. Ils m'ont déculpabilisé !

Tu imagines mon embarras.

Trois jours d'arrêt par conséquent. La grand-mère affirme que cela suffira. En attendant, nous filmons la montagne. J'interroge les gens des villages alentour. Je crois que je tiens là un documentaire assez « inspiré » sur l'île et ses mœurs. Celles de l'arrière-pays naturellement, où les traditions sont restées intactes.

À la nuit, Roger et moi descendons sur la plage. Nous nageons jusqu'à épuisement. La première fois, nous nous sommes endormis sur le sable. Réveillés par les lampes torches qu'Antoine braquait sur nous. Évidemment furieux.

Y avait-il de quoi craindre ? Il nous a répondu : « On ne sait jamais. Je tiens à notre film, c'est une belle aventure pour la famille. Je ne voudrais pas qu'il arrive ce qui ne doit pas arriver. » Impossible de lui en faire dire davantage.

Les membres de l'équipe, il est vrai peu nombreux, se comportent en vrais professionnels sans les « tics ». Genre décompte des heures supplémentaires. Grogne devant la bouffe, un peu spéciale pour des continentaux. Que j'apprécie beaucoup quant à moi.

Nous avons commencé le montage. Je suis émerveillé.

Les instants passés sur l'ordinateur sont peut-être les plus exaltants. Dextérité de « l'officiant ». Choix des prises. Recherche de la cadence.

Bonheur de découvrir en vraie grandeur le jeu dépouillé des parents, l'interprétation plus subtile de Lila.

Quant à la grand-mère, ses interventions sont à la limite du comique. Je dois te remercier de m'avoir poussé à faire le choix d'une Corse.

Ses rides m'émeuvent. Son regard, qui troue l'espace, devient cruel dans les contre-jours. Inespéré ! Dialectique absolue ! Tu le constates, mon enthousiasme ne faiblit pas. Je le dois à tous mes collaborateurs soucieux d'être au plus près de ce que je souhaite. De ce que je cherche. Parfois dans la panique. Je n'enverrai pas cette lettre. J'attends de savoir où tu es VRAIMENT. Parce que tu es une coquine. Parce que je suis persuadé que tu mens. Pas le temps ni l'envie de m'interroger là-dessus… En outre, je m'interdis d'en parler avec Roger. À son propos, tu as fantasmé. Jamais une attitude, un geste suspects. Même quand nous nageons, nus, la nuit. Sa présence est feutrée. Ses remarques sont toujours justifiées. Et il les exprime si timidement.

Pierr (oh !)

5 juin

Laetitia est remise. Ce petit entracte lui a été profitable. Elle est encore plus tenace qu'aux premiers jours. Concentrée pendant les prises. Enjouée sitôt le « coupez ».

Aziz. Il a commencé hier. Il a une présence insensée à l'image. Roger a eu un satané flair ! En dehors du tournage, il reste à l'écart. Comme s'il voulait maintenir en lui l'aspect bourru du personnage.

La petite est très impressionnée. Pendant les repas, elle le scrute par en-dessous avec une curiosité apparente. Bienveillante. Aziz donne l'impression (ou fait semblant) de ne pas s'en apercevoir. Il y a entre eux toute une série de dialogues sans paroles qui nous intéressent énormément, Roger et moi. Tout cela devrait servir le film.

Triste, le Pierrot.

13 juin, 6 heures

Loup, y es-tu ? Loup, que fais-tu ?

Curieuse impression : celle d'écrire un mini-journal intime comme quand j'étais petit. Que je n'osais pas parler à ma mère. Intimidé par sa beauté, son élégance, son aisance à régenter la maison, à recevoir les invités…

Le papier me servait d'exutoire. Je lui disais mes journées, mes désirs, mon envie d'elle, mes espoirs. Une sorte de masturbation. J'ai tout brûlé lorsqu'elle a quitté mon père.

J'espère ne pas avoir à le faire pour ces quelques pages…

Dernier jour de tournage. Un peu de tristesse dans les regards. Jamais matin ne m'a paru plus beau depuis mon arrivée dans l'île.

Cependant, je tremble et désespère. Le film ne fonctionne pas tout à fait. J'en ai la conviction profonde. Si je le regarde plan par plan, j'y trouve des splendeurs dues aux décors, aux comédiens, aux images. Des frémissements. Des troubles. Des émotions qui devraient me satisfaire.

Puis on déroule les séquences pour noter les sons manquants, les endroits à musiquer (quelques bribes de chants corses a capella, rien d'autre), les raccords à améliorer. Là, je ne vois plus que du banal, de l'invertébré…

Qu'en pense Roger ? Tout le contraire. Il est béat. Je n'en suis pas rassuré. Toi seule pourrais m'apporter le retour que j'attends. Tu n'as pas assisté au tournage. Tu es neuve ou quasiment… Mais tu n'es pas là. Je suis paumé !

Roger part demain. Il m'abandonne avec le monteur. Encore deux ou trois jours pour finaliser avant mixage.

Il restera le documentaire qui, je le souhaite, me consolera de mes réticences à propos de UNE ENFANT DANS LE SABLE…

J'envoie ce mini-journal rue du Château. Où que tu sois, tu finiras bien par le recevoir. J'ai besoin de toi, de ta peau, de tes caresses. Je te sens si loin, si loin… (Je me répète !)

Puis-je encore espérer ? Et quoi ? Il faut que se soit produit un évènement très grave pour que tu restes à ce point absente de mon travail. De ma vie. Tu n'es pas lâche, ça, j'en suis rigoureusement certain.

Et puis je te reconnais tous les droits.

Tu vois, je patauge comme souvent. Je t'aime à tel point que je ne saurais m'en expliquer. Ce film aurait pu être notre premier enfant. Tu ne l'as pas souhaité.

Pierre

Christiane à Pierre

Rue du Château, 10 juin 2009

Mon Pierrot,

Tu dois m'en vouloir. À juste titre. Moi aussi, je m'en veux. Je n'avais jamais pleuré jusqu'ici et je trempe mouchoir après mouchoir sans pouvoir me contenir... Je n'ai pourtant jamais cessé de penser à toi, à ton bonheur d'exercer enfin ce métier... Finis, les rêves ; finies, les hésitations ; bonjour le réel, l'extase ! Si tu as tenu ton rythme, le tournage se termine vendredi. Je ne viendrai pas. Je suis encore trop tourneboulée par l'horreur de ces dernières semaines.

Laurent a été incinéré au crematorium de Cannes, hier matin. Il a exigé mon silence. Je lui ai obéi en tout. Je l'ai aidé à mourir. Oui, tu lis bien ! Ma vie entière sera oblitérée par ces gestes automatiques que j'ai eu le courage ou la faiblesse d'exécuter sous son contrôle. Me procurer un sac plastique, éviter les empreintes en enfilant des gants, entourer son visage avec le sac, serrer, prendre ses mains et les poser sur le cordon...

Il y avait plus simple, me diras-tu... C'était sa volonté. Peu m'importe qu'elle ait été la dernière.

Avant, attendre qu'il étouffe, le regarder partir, rester impassible devant ses yeux qui laissaient échapper quelques larmes involontaires, subir ce regard qui ne me lâchait pas et semblait me remercier...

Comment ai-je pu résister à l'envie de le délivrer, de le raisonner ? J'avais juré... Pourquoi ce désir de suicide - ou de meurtre - assisté ? Influence des films gore qu'il affectionnait ? Il a laissé deux lettres, une pour toi, une pour Roger. Je te les joins.

J'ignore comment tu vas juger mon acte. Sagesse ou déraison ? Impudence ou générosité ? Au fond du gouffre, je n'espère plus que récupérer un peu d'oxygène, comme si je m'étais asphyxiée en même temps que Laurent.

Après la mort, la découverte du cadavre par l'homme de ménage, les interrogatoires. « Qui étais-je ? Que faisais-je dans cette maison ? Quel lien m'unissait au défunt ? » Je m'écoutais mentir, je notais mes accents de vérité. La folie frappait…

Prends garde. Roger est un être secret, hypersensible sous des dehors sereins, capable de dissimuler ses pulsions pour préserver son lien à Laurent. Maintenant qu'il est mort, le deuil risque de ramener Roger vers toi. Roger n'est pas fait pour vivre seul. Il a besoin de partages.

J'ai tort de te conseiller. Mes réflexes te concernant n'ont pas souvent été heureux. Agis selon ta conscience. Ce sera toujours juste.

Comment est ton film ? Les photos des interprètes (Je n'ose écrire comédiens !) que tu m'as envoyées sont « épatantes » : beauté des visages, éclairs dans les regards. Si avec ça, tu ne fais pas un chef-d'œuvre, je te tords le cou !

Ne gronde pas Anna pour sa complicité. Elle te chérit tant ! Mais qui ne t'aimerait pas ?

Sache que je piaffe. Avoir des nouvelles de cet « enfant ensablée » qui hantait mes nuits maximoises m'obsédait. Mais il y avait Laurent…

À ta plume, l'ami Pierrot. Je t'aime. Mais toi ? Je te rêve souvent au sommet d'une colline, regardant vers l'ubac puis vers l'adret, ne sachant lequel choisir pour rejoindre la mer. Les versants de l'amour ?

Ta Cri-Cri

Laurent à Pierre

Je n'ai pas grand-chose à vous dire, si ce n'est que Christiane a fait pour moi ce que peu de personnes auraient su faire. Ne la condamnez pas, puisque vous connaissez l'épilogue. Félicitez-la au contraire.

De son courage. Exceptionnel.

Maintenant, Roger. Je vis avec lui depuis un certain nombre d'années que je me refuse à compter. Je lui ai donné mon argent, dont vous profitez, ce qui me laisse indifférent ; je lui ai donné surtout mon affection qui ne s'est jamais démentie et qui a longtemps été partagée.

Vous constatez que je n'ose pas prononcer l'autre mot : le mot amour. Parce que je n'ai jamais su exactement ce qu'il recouvrait…

On peut aimer le saucisson, le pastis, la chair fraîche, son mari ou sa femme, ses enfants, la baie de Rio ou les sept merveilles du monde. En revanche, l'affection (remarquez le double sens !), on ne la donne qu'à une personne. Une seule en ce qui me concerne : Roger.

Pas un amant, pas une maîtresse, pas une amitié, pas une relation régulière, pas un corps à corps, pas un plaisir fugitif. Rien que Roger.

Depuis quelque temps… Soyons précis : depuis qu'il vous a rencontré à la Cinémathèque de Chaillot en l'an 2000 ou par là, j'ai eu près de moi un être qui avait le corps de Roger, les yeux de Roger, les traits de Roger et qui n'était plus Roger.

Si vous voulez bien accepter cette image : une autoroute dont le temps aurait effacé les signalisations. Je ne savais plus où le trouver. Dans quel pays, dans quelle région portait-il ses pas ?

Il fonctionnait, le mot est juste, aussi efficacement que de coutume, mais en automatique. Sa douceur, sa tendresse, ses sourires plus tard, m'apparaissaient intacts, si ce n'est que tous ces cadeaux avaient perdu de leur naturel. L'attachement avait laissé place au devoir ou pire, à l'habitude. J'ai fléchi sous cette évidence. J'ai obéi à ses commandements : les deux opérations, les voyages improvisés, votre film…

Notre quotidien était un tortillard, vous savez, ce petit train de province qui s'arrête, essoufflé, à chaque gare, dont on peut descendre sans crainte pour aller cueillir les fleurs des champs. Il ne s'en privait pas…

Vous dire que je n'avais pas compris serait excessif. En fait, la lumière a jailli brusquement, en quelques secondes...

Rappelez-vous, un matin, je suis entré dans la salle de bains, machinalement, sans frapper. Vous étiez nu. Vous m'avez souri. Derrière vous, le miroir m'a sauvagement jeté mon reflet à la figure. Cruauté du contraste ! Il n'en fallait pas davantage !

Christiane vous avait prévenu, je crois bien. Roger est tombé amoureux de vous dès l'instant où vous lui avez parlé.

À votre deuxième rencontre, j'étais présent, encore aveugle. C'était au Bretagne. Nous attendions pour un film, je ne sais plus lequel. Votre voix a jailli dans mon obscurité. La main de Roger s'est crispée sur mon bras à m'en faire crier. J'aurais dû deviner. Je n'ai pas su. Je n'ai pas voulu.

Je m'en vais. Ne le faites pas souffrir.

Pardon. J'imagine ce que vous ressentez et je le déplore. Sachez que ma décision n'a rien eu à voir avec les sentiments que Roger éprouve à votre encontre. Je me devais, je vous devais, d'écrire cette lettre. La première et la dernière…

Lisez-la, conservez-la, brûlez-la… Mais veillez sur le cha-grin (les remords ?) de Roger. Et oubliez-moi tous les deux.

Laurent

Laurent à Roger

Mon petit,

À toi, je dirai toute la vérité, rien que la vérité.

Il y a quelques mois, j'ai accepté les examens demandés par mon généraliste : radio, échographie, scanner, scintigraphie, I.R.M. (Faut-il encore s'étonner du « trou de la sécu » ?). Une grosse bête me mangeait la prostate depuis de longues années. J'avais refusé l'opération (non aux couches-culottes) et la théorie des chimios. Mourir vivant était mon obsession. Et je ne m'en portais pas plus mal.

Là, une nouvelle bête s'était attaquée à mon rein gauche. Une autre encore menaçait la vessie. Tu comprends mon acharnement à jouer : loto, poker, etc. Je n'avais plus rien à perdre. Et si je gagnais…

C'est souvent dans ces cas-là que la fortune (qui sourit aux audacieux, c'est connu) vous tombe dessus !!! Et si je gagnais, je pouvais t'offrir le film que tu souhaitais financer pour Pierre. Ce qui est arrivé. Tes regards, absents, fuyants, ont retrouvé le chemin de mon visage. Ta joie m'a payé de pas mal de souffrances. De souffrances inexprimées. Quelle comédie !

Si j'ai refusé la villa pour vos décors, c'est que j'avais déjà mon plan de bataille. Je t'ai suggéré la Corse. Vous êtes partis. Tout devenait facile.

Il me fallait une complicité. Je craignais de flancher aux tout derniers instants… C'est alors que j'ai songé à Christiane. Avec elle, aucun lien contraignant ; une compétition dans l'humour vache avec l'apparence d'une farouche acrimonie…

Elle n'a pas hésité. Brave petit soldat ! Belle Christiane… Rivale sans haine envers toi. Intelligente sans prudence avec moi… Très vite, elle a saisi la situation, établi en coécriture le scénario que tu sais.

Nous nous amusions à tout prévoir. La mort, en soi, est suffisamment sinistre. Pourquoi en rajouter ? Je lui disais « Faut se dépêcher ! Si ces cons de socialos dégomment Sarko, ils seraient capables de rétablir les droits de succession ! ». Tout est à toi, mon cher petit. Tu trouveras dans le premier tiroir gauche du bureau la liste de mes biens. Ils t'appartiennent désormais.

L'idée d'être boulotté par les vers me répugnait. Et puis offrir à ces pauvres bestioles une chair aussi avariée n'était pas très gracieux. J'ai choisi le feu. Du feu pour un mort, ça semblait logique… Ah ! Je devine que tu ris.

Nous avons ri ensemble. De longues années, de si belles longues années. Ris encore. Ce sera une façon de me prolonger.

Comme c'est étrange ! Je croyais avoir plein de choses à te confier. Et me voici en panne de mots. Plus rien ! Peut-être avions-nous épuisé tous les sujets par le passé ?

Que ton avenir soit doux.

L.

Ceci encore : j'ai été élevé dans le culte de la beauté qui en vaut bien un autre. Aujourd'hui la laideur sert de passeport partout, notamment dans les arts. Ce monde n'est plus le mien.

Et encore : la veille de mon départ, Christiane et moi, pensant à vous deux, avons regardé, sur Canal, la remise des prix, en regrettant le saupoudrage obligatoire de ces « Rendez-vous Cannois ».

Heureux sans doute pour Resnais et la sensible Charlotte, certainement en colère pour la Palme d'or et le grand Prix. Je n'ose imaginer à quel point…

Et encore, encore : des témoins anonymes, sûrs d'eux et de leurs valeurs, jugeraient nos préoccupations dérisoires ; nos tourments, puérils, insultants même face aux grands problèmes de notre monde : la faim, la planète en péril…

Est-il besoin d'être miséreux pour souffrir ?

Cynisme ? Bien sûr ! Et je le revendique, mon cynisme. Sans fausse honte.

Pourtant, ce matin, avant la « représentation », des oiseaux sont venus sur ma terrasse. J'ai pris leurs gazouillements pour un chant d'adieu.

CINQUIÈME PARTIE

Roger à Pierre

Paris, 20 juillet 2009

J'ai « réalisé » les biens que m'a légués Laurent : la villa de Sainte-Maxime, la longère bretonne, l'appartement du Kremin-Bicêtre.

Me voici installé avenue des Champs Élysées : bureau et logement sur le même palier. Juste le couloir à traverser pour aller au boulot. Quel boulot ?

Comme Christiane te l'avait laissé entendre, les distributeurs se défilent. J'ai créé ma propre société : LE SABLIER. Aziz est à mes côtés. C'est un homme de bon sens ; efficace, infatigable.

Tu ne vas pas être content : nous avons kinéscopé le montage en vidéo, lancé le mixage stéréo. Devant l'unanimité des résistances, j'ai succombé à la tradition. De plus, ton film, que je persiste à trouver admirable, est sélectionné pour Venise. Viendras-tu ? Aucune difficulté à présent pour la sortie salles.

Par ailleurs, j'ai commandé un DVD avec, en bonus, ton documentaire sur la Corse. La jaquette est superbe (j'allais dire « épatante »). Laisse-moi t'en envoyer quelques exemplaires, ne serait-ce que pour te convaincre que UNE ENFANT DANS LE SABLE est un chef-d'œuvre ! Je ne suis pas seul de cet avis. Les Italiens préparent un long article sur toi dans FILMCRITICA. Recevras-tu le journaliste ?

Les souvenirs s'estompent déjà : les lieux, les évènements, les visages. Seule demeure ta voix. C'est elle qui m'a fait t'aimer. Sa gravité, même dans les phrases les plus anodines, et ses vibrations me portaient au vertige.

Tu détestes que je te parle de mon amour pour toi. Tu as le droit de le repousser mais pas de le nier. S'il est vrai que je t'ai désiré, je n'en ai jamais souffert. Me suffisaient ta présence, te voir nu sur la plage, t'entendre chanter le matin sous la douche, ces choses banales qui nourrissent une vie.

Le cadeau de ton corps, je n'ai pas su l'apprécier. Amitié forcée ? Commisération ? Condescendance ? Ces questions me harcelaient tandis que je tu acceptais mes caresses.

Aucun frémissement sur ta peau. Un seul soupir, un peu plus appuyé, lorsque j'ai pris ton sexe dans ma bouche et que tu as joui. Acte inutile, dégradant pour moi. Je n'aurais jamais dû m'y a(ban)donner.

Nous étions dans le manque cette nuit-là, pour des motifs différents. Je suis assez lâche, ou trop aimant, pour ne rien regretter.

Oublions. Ne m'oublie pas.

Roger

Pierre à Roger

Grandes Piles, 4 août 2009

Mon ami,

Ni commisération (quelle horreur !). Ni condescendance. Amitié certes. Mais tellement ambiguë depuis toujours. J'avais envie de toi. Une envie confuse qui n'était peut-être que de la curiosité. Mon corps, offert avec une maladresse dont j'étais trop conscient, ne participait pas. Tu l'as ressenti. Oublions, as-tu dit ? Je vais m'y employer. Suffit-il de cliquer sur « supprimer » ?

Je suis aussi mal à l'aise que lorsque j'ai visionné UNE ENFANT DANS LE SABLE. Je crois que j'ai eu tort de m'exposer ainsi. Je suis cruellement dépourvu de l'énergie nécessaire pour vaincre mes incertitudes face à l'appareillage cinématographique. Pour être un cinéaste au sens où j'entendais l'être.

Pour être un amant convenable aussi, je le crains. Christiane est mon complément, ma « moitié d'orange ». En reprenant l'expression d'un homme que tu admirais. Je l'aime, elle, avec une intensité inimaginable.

Même selon toi, j'espère ne pas t'insulter, il est inconcevable d'aimer à ce point ! Moi, qui ai traversé tant d'aventures féminines en dilettante. Sans mépris pour mes partenaires. Avec une indifférence à peine amusée… Je ne me supportais plus dans ce rôle indigne. Le châtiment est arrivé à point. Je m'efforçais de ne pas y prêter attention. C'est sournois, l'amour. On le croit en visite. Lorsqu'on s'aperçoit qu'il a pris possession des lieux, la prison apparaît. Une prison que l'on idolâtre jusqu'aux barreaux.

Me battre, je l'ai fait. Me contrôler, je m'y suis appliqué.

Je jouais au picador. Lançais les piques les plus blessantes. Savourais l'instant de la conquête. Je m'estimais vaincu au moment même où je « gagnais ».

Si j'ai eu pour toi, sois-en certain, mieux que de l'amitié, mes sentiments ne passaient pas par mon corps. Bonheur d'être près de toi. Impatience en attendant tes lettres. Exaltation à leur lecture. Passion dans nos rubriques. Ta complicité dans le travail. Tes regards.

Une fierté itérative devant l'admiration que tu me témoignais. Pourquoi le nier ? Je t'aime, Roger. Cet aveu me coûte. Tant pis.

Vivre avec toi serait euphorie permanente. Ne sois pas surpris de l'apprendre. Ne sois pas triste non plus de ce qui va suivre. Cet amour serait impossible parce que mutilé. Je ne te donnerais jamais entièrement ce que tu serais en droit d'attendre de moi.

C'est Christiane que mon corps appellerait.

Je n'ai pas, comme elle et toi, le don de vivre au présent. Le doute me l'interdit. Doute sur moi. Doute sur mon devenir. Doute sur mes capacités à aimer.

Et Laurent. Plus que jamais présent entre nous.

Mais je t'envoie toute ma tendresse, enfin celle dont je suis encore capable.

Pierre

Utilise comme tu l'entends UNE ENFANT DANS LE SABLE. C'est ton film, plus que le mien. Je ne veux plus en entendre parler.

Pierre à Christiane

Grandes Piles, 5 août 2009

Cri-Cri,

Avant que j'oublie, Anna, Edwin et le petit Mauricet t'envoient leurs plus claquants baisers. J'y joindrai plus loin les miens.

Le temps est doux. Plus facile ainsi d'oublier Paris, la pollution et les grosses chaleurs. J'ai tout bazardé comme tu dois savoir. Ici, on a besoin d'un comptable pour la société que viennent de créer ma sœur et mon beau-frère. Je pense être « the right man »…

La forêt que j'avais négligée m'apporte l'oxygène dont je manquais. De longues promenades me permettent de découvrir un univers dont j'ignorais tout. Je ne vais pas énumérer. Je ne te ferai pas à mon tour le coup des dépliants touristiques… T'en souviens-tu ?

Le film ? Laurent te racontera son destin. J'ai coupé, avec les dents comme les sauvages, le cordon ombilical. Marre de ces simagrées-là ! Étais-je fait pour ce métier ? À ce doute s'ajoute une certitude : le milieu du cinéma ne me convient pas.

J'ai retrouvé la couche étroite où tu venais chercher mon corps. Le temps n'a rien pu contre ton odeur. Elle persiste. Ou bien est-ce mon imagination qui me la restitue ?

Pourquoi suis-je parti ? Tu formulerais autrement. Pourquoi ai-je fui ? Si seulement je le savais ! Si seulement ma raison n'errait pas à la recherche d'un tuteur ! Si je parvenais à voir clair dans ma tête confuse… Ma seule vraie conviction est que je t'aime plus que jamais, d'un amour équilibré. Définitif. Ne ricane pas. Tu m'as enseigné la lucidité. J'étais un élève rétif. Je ne le suis plus. C'est ce Pierre nouveau que je t'offrirai, nettoyé, régénéré.

Attends-moi comme je t'attends.

« Nous nous reverrons un jour ou l'autre. »

Et voici les baisers que je t'ai promis au début de cette lettre (si pénible à écrire). Des baisers veloutés sur tout ton corps et des caresses lentes qui te diront combien mon amour reste timide. Mais insatiable.

Pierrot

Christiane à Pierre

Ouessant, 15 septembre 2009

Pierre, lunaire ou lunatique, telle est la question que je n'ai plus à me poser.

Je préférais, avant de te répondre, que la Biennale de Venise soit terminée. Roger, Aziz et moi, aux places d'honneur, avons assisté au triomphe de UNE ENFANT DANS LE SABLE que tu as renié. Prix de la Critique à l'unanimité.

Tu vois, rien de vraiment officiel. Ce que tu cherchais obstinément (l'indépendance, l'écriture filmique), le film l'a trouvé tout seul. Et il a été reconnu par les gens proches de tes idées. Ton film est beau. Il émane de lui l'aura un peu sauvage d'une Corse ressuscitée.

Laetitia/Lila était à la fête. Les parents aussi. Sollicitée par quelques réalisateurs italiens, la petite est restée muette, têtue dans son silence ; à peine souriante. Il lui manquait son « papa de cinéma » !

Comment as-tu pu sacrifier l'affection de Laetitia à cette crise d'identité qui relève de l'adolescence ? Que tu n'aies pas tenu compte de moi, que tu n'aies rien su échanger, ça, je l'aurais accepté… Mais eux ? Eux qui n'avaient rien demandé, dont tu es venu bouleverser les habitudes ; à qui tu as offert une fenêtre sur un monde inconnu, improbable, et que, grâce à ton talent d'homme (je ne parle pas du cinéaste puisque tu ne consens pas à le redevenir), ils ont apprécié sans contrainte.

Ta lettre ne répare rien. Elle aggrave ton inconséquence. Je ne l'aime pas : elle feint le dépouillement, elle n'est que sournoise. Ce Pierre nouveau, je n'en veux pas !

« Les chiens perdus, les incompris
On les connaît, on leur ressemble… »

177

Cette chanson était la nôtre, même si elle n'était pas de Prévert et Kosma. Elle rejoint au fond du panier toutes celles que nous nous sommes chantées…

Ici aussi, au contact de la nature, on réapprend à respirer, Jeannot et moi. Nous nous marierons avant l'hiver. Il m'aidera à cultiver les fleurs mauves de la mélancolie.

Comme on dit dans un film que tu as aimé, je crois, « adieu à tout jamais, c'est tout de même mieux que de temps en temps ».

Christiane

Je suis désolée pour Anna. Elle ne m'a pas comprise. Elle n'a pas voulu me comprendre. C'est aussi bien.

De temps à autre, Minerve vient poser ses pattes sur mes épaules, me regarde au fond des yeux : « Où est-il ? Qu'en as-tu fait ? » Et je pleure. Comme une idiote invétérée.

Impression Books on Demand GmbH
In de Tarpen 42
22848 Norderstedt, Allemagne

Lightning Source UK Ltd.
Milton Keynes UK
UKHW010648290921
391374UK00002B/303